JOHN SHERMAN AND DHOYA

小説 ジョン・シャーマンとドーヤ

川上 武志 訳
R・J・フィンネラン 編
W・B・イェイツ 著

The Collected Works of W. B. Yeats

英宝社

Originally published in English by Macmillan Publishing Company under the title 'The Collected Works of W. B. YEATS Volume XII JOHN SHERMAN AND DHOYA'

Edited by Richard J. Finneran

PRINTED IN JAPAN

まえがき

この巻によって、私がウィリアム・バトラー・イェイツ作『ジョン・シャーマンとドーヤ』を編集する試みはつごう三度目となる。最初の試みは、一九六七年にチャペル・ヒルにあるノース・カロライナ大学への博士論文として手掛けられたものであった。それは翌年にリチャード・ハーター・フォーグル氏の指導のもとで完成した。二度目のものはその博士論文にわずかに修正を加えた版であったが、一九六九年にミシガン州デトロイトのウェイン州立大学出版によって刊行された。最初の二度においてなされたように、本巻には一八九一年版と一九〇八年版のテクスト間での異文の照合は含まれてはいないが、そのほかのあらゆる点で本書は、先の二つの試みを凌駕するものになっている。

二十年後に同じテクストに戻ってみて、ときとして忸怩たるものであっても、興味深い経験であるということに気づいた。幸運なことに、一九六九年に出版した『ジョン・シャーマンとドーヤ』の読書テクストに重大な誤りを発見することはなかったが、ほかのおおくのことで精緻さが要求された。たとえば、アラン・ウェイドの『W・B・イェイツ作品書誌』を信拠として、一八九一～九二年における三つの英国「版」作品での彼の引用に習ったのであるが、いまでは私は異なった所説を提案している。同様にジョゼフ・ホーンの伝記を信拠として、イェイツはこの作品によって四十ポンド稼いだという情報に習ったのであるが、ほんとうの金額はおそらくその半分ほどであったと考えている。「知識の共同体」という存在を信じるか、さもなければたんにあまり明確に考えないことで、私は多数の大なり小なりの言及に口を閉ざして関与してこなかった。ところがいまや私は、事実上すべての直接的な参照事項に（良きにつけ悪しきにつけ）注釈をつけている。それからもちろん私は二十年来のイェイツ研究の恩恵に浴しているが、とくにウィリアム・M・マーフィーの『ジョン・シャーマン』の伝記的なレベルにおける論文からと、『書簡集』［ジョン・ケリー編］の第一巻に示されている新しい資料からである。

イェイツの言葉を少し修正して言うと、「編集というものはすべて共同制作である」というのはいかにも真実である。一九六九年版での協力に謝辞を述べた人たちに加えて、私は次の諸氏を挙げておきたい。ロバート・ベアマン（シェイクスピア生誕地トラスト）、ジョージ・ボーンスタイン、アレン・W・ボッシュ（ケニヨン大学図書館）、ウィリアム・R・ケーグル（インディアナ大学付属リリー図書館）、ウェイン・チャップマン、故イアン・フレッチャー、ヴィンセント・ジルードとパトリシア・C・ウィリス（エール大学付属バイネッケ希覯書写本図書館）、ブルース・ハークネス、エリザベス・ハイナ、ヴァージニア・ハイド、クリスチナ・ハント・マホーニー、ローラ・

モーランド、スティーヴン・パリッシュ、ローレンス・レイニー、カーラ・リッカーソン（ワシントン大学図書館）、ロナルド・シュッチャード、ピーター・シリングスバーグ、さらにコリン・スミス。

一九六九年版でも言及した一人の人物にもう一度触れておく。彼はこの版を含む過去二十年にわたる私のすべての著作にたいして、継続的な援助を惜しまなかっただけではなく、一九九一年三月十六日のカリフォルニア州バークリーでの彼の死が、私個人にとって深い痛手となった、ブレンダン・O・ヘールに。

最後に、私は本版をモード・フローレンス・フィンネランに再び献呈する。

ルイジアナ州マンデヴィル
一九九一年四月六日

目次

編集者によるまえがき　5
テクストへの覚書　49

小説　ジョン・シャーマンとドーヤ

序文……53

小説　ジョン・シャーマン

第一部　ジョン・シャーマンがバラを去る……59
第二部　マーガレット・リーランド……85
第三部　ジョン・シャーマンがバラを再訪する……112
第四部　ウィリアム・ハワード牧師……122
第五部　ジョン・シャーマンがバラに帰る……151

小説　ドーヤ

ドーヤ……171

補遺　191
訳者あとがき　194

小説　ジョン・シャーマンとドーヤ

編集者によるまえがき

編集者によるまえがき

一八八七年八月十三日に、イェイツは文通相手［キャサリン・タイナン（一八六一～一九三一）、アイルランドの女流詩人・小説家］に「僕は物語を書こうと決心はしているのですが、これまでのところ手をつけてもいません」ということを伝えている。(1) 二十二歳のイェイツは、生国［アイルランド］ではすでに名の知られた文筆家であり、何誌かのアイルランドの刊行物に詩のみならず評論も寄稿していた。この新たな決心を告げる一週間前に、彼は『ボストン・パイロット』［ＩＲＢのメンバーで流刑者でもあったＪ・Ｂ・オライリーが編集］に掲載された詩［'How Ferencz Renyi Kept Silent'］で、アメリカでの初刊行をはたしていた。九月には『レジャー・アワー』に抒情詩［'The Madness of King Goll'］で英国の読者に自己紹介するつもりでいた。短編小説というものがいまや評論に匹敵するジャンルに思えたのに違いない。ただちにその約束を実現するために、イェイツは九月十日に、「古代のアイルランドの短い恋愛物語――いくぶん夢のようで華やかすぎるのですが、とにかくなんとか読める＊（readible）ものを書き終えたので、いまはもっと後の時代のアイルランドの別の一篇を開始するところです」（ＣＬ1、三六頁［Ｈ・Ｈ・スパーリング（後の『アイルランド吟遊詩集』の編集者、Ｗ・モリスの娘婿で社会主義新聞『コモンウィール』の後継主幹）宛］）と告げることができた。

＊『書簡集』はイェイツの綴り字の間違いに忠実である。

およそ三十年後に、自分が小説に着手したのは父ジョン・バトラー・イェイツに奨《すす》められたからだとイェイツは思い起こすのだが、その父親が心配したのが、自分の長男が家計の事情でジャーナリストに転職するのではないかということだった。

お金をまったく稼いでいないので、私はとても困っていた・・・隣人のヨーク・パウエル［（一八五〇～一九〇四）、オックスフォードの勅任歴史学教授。イェイツ一家が住んでいたベッドフォード・パークに家があった］が、ついに私をたしか『マンチェスター・クーリア』の編集助手に推薦しようと言ってきた。そのことに考えあぐんで数日間費やした。ただちに収入が得られることを意味していたのだが、それはユニオニスト［一八〇一年に施行された併合法（これによってアイルランドは連合王国の一部となる）を維持しようとする立場の人］系の刊行物であったからだ。ついに私は父に受け入れられないと話すと、父は「お前はわしの心からたいへんな重荷を取りのぞいてくれた」と言った。父が提案したのが、ある部分はロンドン、またある部分は伯父ジョージ・ポレクスフェンとともに私が過ごしたスライゴーの物語を書いてみたらどうかということだったので、私は英雄時代の幻想的な話である「ドーヤ」を書いた。それに不満だった父は、現実の人間の物語のつもりだと言った。それで私はスライゴーの記憶とそこへの私の憧憬を込めた「ジョン・シャーマン」を書きはじめた。(2)

この説明は必ずしも正確ではないかもしれないが――『ドーヤ』のほとんどが明らかにスライゴーで書かれた――金銭的なことへの配慮が、おそらくイェイツを小説に向かわせる一つの要因であった。

『ドーヤ』が完成してから、イェイツはそれを数か月間手元においていたようであるが、ついに一八八七年十二月十三日に「それがクリスマス号か、とにかくある号に間にあうように期待して」（CL1、四三頁［ジョン・オリアリー（一八三〇～一九〇七）、アイルランドの政治家。若きイェイツの後援・指導者）宛］）、『ゲール』［ゲール体育協会が発行するペニー週刊誌］に掲載してもらうべく投稿したのである。『ゲール』の完全なファイルの存在が知られていないので、『ドーヤ』がそこで出版されたかどうか述べるのは不可能であるが、どうやらそのことはありそうもないようである。(3)もう二年半たつと、その物語のことは現存している書簡で言及されることになる。

「英雄時代の幻想的な話」によって作家人生をはじめることで、そのときイェイツは審美的であると同時に民族的であるという自らの信条に忠実であるということになった。実際に、『ドーヤ』の創作に先立つ一年ほどまえに出版された最初の批評記事で、イェイツは次のように論じていた。

過去が未来に遺贈するすべてのおおくの事物のなかで、もっとも偉大なものは偉大な伝説である。それらは国家の母体である。私の信じるところでは、あらゆるアイルランドの読者の義務は、自分の手のように見慣れるまで、自国の偉大な伝説を研究することにある。というのもそれにはケルト的な心情があるからだ(4)。

あるいは彼がよくアメリカの読者に簡潔に告げていたように、「全世界的な文学というのはせいぜい儚《はかな》い泡のようなものに過ぎない」、「文学なくして上質の国民性もなく・・・国民性なくして上質の文学もないのである(5)」。

かくしてイェイツが『ドーヤ』の下敷きとしたのが、アイルランド文学における共通のモチーフ、つまり人間と妖精の密事であった。じつはその物語を書いているあいだにイェイツは、同じモチーフを用いた長い物語詩「アシーンの彷徨」にもまた取り組んでいた。そのうえ『ドーヤ』は、「生命が数百年も続くあの神秘的な人類以前の時代」(LNI、八〇頁)に設定された神話的な話であるにもかかわらず、イェイツはその話をアイルランド西部地方に現存する伝説として描いているのである。もちろんスライゴー湾にある「プールドーイと呼ばれる良好な投錨地(6)」のことは知っていたであろう。さらに彼は、伝説素材にたいする信仰が長く続いていることを掘り当てることに格別の喜びを抱いていた。『ドーヤ』が完成した直後にキャサリン・タイナンに宛てた手紙では、たとえばイェイツは「先週の水曜日にブルベン山に登って、ダーモットが死んだという場所、信じがたいほど深く、なおも亡霊が出没するという暗い沼――風の吹きさらす海抜一七三二フィートにある沼を見てきました・・・山麓の農民はみなその伝説のことを知っています。またダーモットの霊がいぜんとしてよくその沼に出没するということも知っていて、それを怖がっています。あらゆる丘や川はなんらかの点でその物語と繋がっています」（CL1、三七頁）と説明している。しかし『ドーヤ』のような物語の目的について、おそらくイェイツがおこなったもっとも的を射た説明は、小説に取りかかるちょうど数か月前に『ゲール』の読者になされたものであろう。

すべての古い伝説のもとには、疑いもなくたくさんの事実があるのだが、白状すると、事実の有無ということには私はいささかの興味もない。およそ国家の歴史というものは、この侵略者であるとかあの別の侵略者であるというように、そのようなものが成すことには存しないのである。つまりさまざまな要素や運命が、そういったことのすべてを決定するからである。そうではなくて国家が想像するものに存するのであって、それが国家の歴史なのであり、国家の心情というものがあるのだ。国家が負っているもののなかで、伝説以上に貴重なものはない。あの神秘的なトロイの攻囲なくして、おそらくギリシャには真のテルモピレーの戦いはけしてなかったであろう。あなた自身の国の伝説を学び、若者たちにそれを愛好させるのだ。(7)

かくして『ドーヤ』は、イェイツの作家人生の形成期の歳月にあって、彼の文学的な理想と完全に一致することになった。さらに状況が進展するにつれて、それは後になって散文小説でのその多大な努力にたいする霊感として働くことになる。

しかしながらイェイツはこの後で、小説の題材としてのアイルランド神話や民間伝承への関心を失ってしまうのである。一八八七年九月十日の手紙で約束していたように、『ドーヤ』を書き終えてから、彼はいま「もっと後の時代のアイルランドの別の一篇を開始する」（CL1、三六頁）つもりでいた。彼がこの計画を数か月間先延ばししたのは明らかだ。一八八八年二月十二日に、タイナンに「まもなく」彼は「短い恋愛物語に取りかかる」つもりだと書いており、あの件［『マンチェスター・クーリア』への就職の件］では父の希望に沿うことになると述べている（CL1、五九頁［正しくは四八頁］）。一か月後に彼がなおも［タイナンに］約束していたのは、「アイルランドの物語をはじめますが、よいものになるかはわかりませんが、アイルランドのどれかの刊行物に寄稿するかもしれません。それに自分の訓練になるかもしれません」（CL1、五七頁）ということであった。もう一か月たって、イェイツは「恋愛物語のために調べているところ」であったが、そのときは十八世紀に設定するつもりでいた。「僕はそれについて夢想しなければいけないのですが、ただそんなにもしてはいません。そうしているととても楽しくなります。恋愛物語を書いていると、とても肯定的な気分になれるので……」（CL1、五九頁［K・タイナン宛、一八八八年四月十一日付］）。

結局一八八八年の三月の初めまでには、『ジョン・シャーマン』となる作品の創作に「没頭」していると、イェイツはタイナンに伝えることができたが、すでに作品の設定が現代に変えられていたのは明らかだった。「僕はまた短編物語も書いているところです──それはかなりうまく進んでいます、文体はもちろん健全ですし、テーマも今風で、それは筋というよりも登場人物が主となっています」(CL1、六七頁)。その月のなかごろまでに彼は友人に原稿を見せていて、もっと詳細に［タイナンに］述べることができた。「僕の物語はうまくいっていまして、その筋はおもにスライゴーにおかれています。それは出来事よりも登場人物を扱っています。スパーリングがそれをおおいに褒めてくれましたが、僕の力量が出来事よりも登場人物により発揮されていると考えてのことでしょう」。イェイツはまた、「父が案じているのは、僕が物語を続けられるかということなのです・・・」(CL1、六九〜七〇頁)とも記している。七月のなかごろまでには作品はほとんど完成していたが、イェイツはその見通しについて楽観してはいなかった。

父は・・・僕が批評の仕事をすることを望んではいません。物語を書いてもらいたいのです。ご存知のように一作書いているところです。現在ほとんど書き終えています。登場人物はいくらかうまく描けていると思うのですが、構成にむらがあってまとまっていません。それにはあまり期待してはいないのです。増え続ける僕の売れない原稿箱に投げ込まれるのではないかと心配していますーーどの一流の雑誌に投稿するにしても、あまりにも奇妙すぎる場面があれば、またあまりにもまとまりのない場面が続くといった作品ですし、地方誌にしてもあまりにも野心的なものだからです。けれども売るにふさわしい物語のほかは書くつもりがないことが、野心であるのか僕にはわかりません。（CL1、七一頁）。

しかしながら数日後には、イェイツは『ジョン・シャーマン』にさらに熱心に取り組んでいた。「僕の物語はうまくいっていまして、もう一章でそれを終えることになるでしょう。それは僕にとってむしろ奇妙な著作となりますーー観察や世間的な知恵、あるいはそのように思えるものにあふれています（CL1、七五頁［K・タイナン宛、一八八八年六月二十日付］）。

このころにイェイツは、『ジョン・シャーマン』の執筆を中断していたようで、一八八八年七月二八日［A・ウェイド編『W・B・イェイツ書簡集』では七月二五日］にタイナンに「僕の物語は最終章を待つばかりとなっていますが、当座の仕事が終わるまで待たねばなりません」（CL1、八八頁）と語っている。彼が再びそれを取り上げたのは九月の末になってからのことである。十月八日までに下書きは完成していた。彼はオリアリーに「私の小説ないし中篇小説は終わりに近づいています。最初の下書きは済んでいます。それはおおよそ田舎出の牧師補と若者についてのものです。問題点は、登場人物を東洋によくあるたぐいの象徴的な怪物にしないということでして、田舎出の牧師補と若者の身にそんなことが起こるのはおかしなことになるからです」(CL1、一〇四頁)と書いている。(8) 十一月十四日には、その作品を「たいへん穏やかな筋のない小さな物語」と記していて、友人が示唆したという修正のことに触れている。

先週の土曜にエドウィン・エリス〔(一八四八～一九一八)、英国の詩人、画家。イェイツの父の友人。イェイツと『W・ブレイク著作集』(一八九三)を共著・出版する〕にその物語を読んで聞かせるとただちに、彼は私がまだ執筆しているところに、かなり重大な変更をするように言ってきました。私たちの生活が近ごろあまり芳しくなかったので、この物語をすぐさま編集者に手渡すことが、私にとっては必要なことになります。しかしながら三日あればそれはすっかり仕上がると思います・・・(CL1、一〇六頁〔K・タイナン宛〕)。

イェイツは『ジョン・シャーマン』を見直すスピードを過信していたようであるが、一八八八年十二月四日までにはその中篇小説は完成していた。彼はタイナンに「シャーマンでの訓練によって、僕は散文がこれまでよりもすらすらと書けるようになりました。現在はトドハンター〔(一八三九～一九一六)、アイルランドの詩人。ロンドン(ベッドフォード・パーク)でのイェイツ一家の隣人・友人〕の本についての記事に取りかかっています」(CL1、一一〇頁)と知らせている。

家計への心配にもかかわらず、イェイツはただちに『ジョン・シャーマン』を出版してもらうようには動かなかったようである。一八八九年四月二一日に彼はタイナンにこのように説明している。「小説を書くという実験によって、僕にはたいへんに得るものがあったことがわかりました。主人公が良くない性格であることが判明したので、そこでこの物語をどこかに売り込もうとはしませんでした。彼が改善されるという望みがあります」（CL1、一六二頁）。ほぼ十八か月たった一八九〇年十月六日にようやくイェイツは、タイナンに「僕の物語ジョン・シャーマンを手直ししたので、それを出版してもらうべく努力しているところです。「パラドックス・クラブ」の著者のエドワード・ガーネット［（一八六八～一九三七）、アンウィン社やハイネマン社などで出版顧問を務め、ジョセフ・コンラッドやD・H・ロレンスなどおおくの著名な文人を発掘した。『パラドックス・クラブ』（一八八八）は彼の恋愛小説］にそれを読んでもらうことになっていて、彼が出版顧問をしている、「すなわち」フィシャー・アンウィンの意に適うかどうか見てもらうことにもなっています」（CL1、二三〇頁）。ガーネットは明らかにすぐにはこの仕事に取りかかってくれなかったが、ようやく一八九一年三月五日になってガーネットが、『ジョン・シャーマン』に「とても熱心である」（CL1、二四五頁）という知らせを、イェイツは［タイナン］に伝えることができた。イェイツは最初その物語をウイリアム・ハイネマン社に渡そうとしたのかもしれないが、一八九一年の三月末にタイナンに「僕の『ジョン・シャーマン』は、ついにフィシャー・アンウィンがそこの仮名文庫に取り上げてくれました」と嬉しそうに書き送り、さらに「僕には印税が入ることになるのでしょうが、ともかくそうなるには、二千部以上は売れなければなりません」とつけ加えている（CL1、二四七頁）。

イェイツは契約を交わせて喜んだのだが、その作品が匿名で出版されることには不満であった。彼は「アンウィンはむしろその文庫の仮名性を重視しているのだと思います」とオリアリーに語っている（CL1、二四八頁）。このように世間に公表されないということは、さらに名を上げようとしている若い作家にとって、さして有難いものではないだろう。実際に彼がタイナンに誇らしげに語ったのは、一八九一年の自分の著作目録にこの中編小説が加えられることで、自分の地位が「かなり目立つ」（CL1、二四五頁）ものになるということだった。

それでも結局イェイツは不本意ながらも出版社の意向に従った。彼は雅号にアイルランドの妖精の名前「ガンコナー」を選んで、この人物のことを説明するために「弁明」を書いたのである。しかし匿名出版の問題が、おそらくイェイツが『ドーヤ』の巻を加える一つの理由になったのかもしれない。それは一八九一年の七月末になって（初期の題名のもとで）初めて耳にする追加であった。

私の小説は印刷に回っているのですが、九月までは出版されません。私は同じ巻に収められるようにと、それといっしょに古代アイルランドの伝説時代の短編を送っておりまして、その書名を『ジョン・シャーマンと真夜中の騎行』としました。その書名の後の部分は二つ目の物語と関係しています。私の雅号をアイルランドの妖精の名であるガンコナーとしました。(CL1、二五〇～五一頁[9][J・オリアリー宛])。

その短編のなかには(あるいはおそらくイェイツはそのときに加えたのかもしれないが)、『アシーンの彷徨とその他の詩』(一八八九年)のなかで「少女の歌」としてすでに発表されていた叙情詩が含まれていた。彼がタイナンに語っていたように、そこで「変名はかなり透明になるでしょう」(CL1、二五三頁)。実際にイェイツが忘れなかったのは、『ジョン・シャーマンとドーヤ』の書評家になりそうな何人かに、そのテクストには作者の正体をただちに明らかにする鍵があると伝えておくこと、またそのうちの少なくとも一人には正しい身元照会さえ与えておくことであった。「私はそれが自分の作品であるとわかってもらいたいのです――一八七頁にある詩は私の詩集のなかにありますので、偽装はさほど難しいものとはなりません・・・」(CL1、二六八頁[マシュー・ラッセル神父(一八三四～一九一二、『アイリッシュ・マンスリー』の創設者であり、四十年近くその編集に携わった。とくに初期のイェイツの詩を掲載した)宛、一八九一年十一月初め])。その短編の追加にかんしては、ほかにもいくつかの事由があったのかも知れない――イェイツ(ないしアンウィン)がもっと長い物語を望んだのかもしれないし、また『ドーヤ』は出版社を待つだけの完全な物語であったということ、さらに英国文学よりもアイルランド文学へのイェイツの深い関心をよく示す作品であること、等々があげられよう。だがまずもってイェイツには、世間にたいする認知度を高めたいという欲求があったのかもしれない。じつは『ケルトの薄明』が一八九三年に出版されたときに、『ジョン・シャーマンとドーヤ』はその書籍リストに含まれていて、「同じ著者による」となっていた。

一八九一年七月に印刷されたその本のことで、イェイツはタイナンにその反響が心配だと表白していて、なんとか好意的な批評を引きだすために、自分にできることをやりはじめた。

『シャーマン』のことがむしろ心配です。よいものであるとは信じているのですが、書評家たちがそれをどのように受け取るかは五分五分の見込みです——というのはもし彼らが普通の小説の素材を求めるとすると、なにも見つからないからです。そのことであなたのできることをやってください——というのは物語で成功すれば、僕のおおくの問題が解決することになりますし、僕は物語を容易に書けますので（CL1、二五六〜五七頁）。

同様な手紙が二通残っている。それらは『ジョン・シャーマンとドーヤ』についてのイェイツのより詳しい評釈になるので、ことさら興味深いものとなっている。まず一八九一年十一月の初めにマ

シュー・ラッセル神父に宛てたものは、

私の小説『ジョン・シャーマン』を一冊お送り致します。もし快く書評して下さいまして、それが私の作品であると言って頂きますと、たいへん嬉しいのですが。私は空想的で荒々しいものだけしか書けないのだと、みなさんには思われているようですが、長編の物語にかんするかぎり、この本ではごく普通の人々や出来事を扱わねばなりませんでした・・・もしこれがうまくいくと、私はおそらくもっと劇的ではらはらさせるような別の物語を書くことになるでしょう。ちなみにダウデン［（一八四三〜一九一三）、アイルランドの英文学者・シェイクスピア研究家。イェイツの父の学友］が『フォートナイトリー』で『シャーマン』のことを引用してくれています。ダウデンが私に話してくれたのですが、彼がその物語を気に入っているのは、「それには美しいことがふんだんにあって」、力強く劇的な物語になるようにはむろん意図されてはいないにしても、「とても興味深い」ということからでした。アメリカ版が売り出されましたが、成功するように思われます。(10)（CL1、二六八頁）

二通目は十二月二日付で再度タイナンに送っていて、その中編小説を「アイルランド的な」作品だとして弁明しているものである。

アイルランドにおける僕の登場人物を研究して、シャーマンのバラ（の町）への愛着にみられる典型的なアイルランド的な感覚を描いてみたのです。僕がおおよそ言わんとしているアイルランド西部の感覚とは、バリシャノンの町にたいするアリンガム［（一八二四～八九）、アイルランドの詩人。『アイルランドの歌謡と詩、*Irish Songs and Poems*』（一八八七）など］のそれと同じもので、国民的なものというよりむしろ地方的なものです。シャーマンはアリンガムのように小ジェントリー階級に属していて、おそらくアイルランドという国を愛してはいなくても、とにかく自分たちの故郷を愛しています。彼らは旅をすることがないので、アイルランドの全幅によって英国から隔絶されていて、その結果として彼らは自分たちの故郷の町を自分たちの世界とするように強いられているのです。僕たちが子供だったときに、スライゴーのすべての事物にたいする愛着がなんと強烈だったかということを思いだします。そして僕はいぜんとして母のなかにその昔からの感覚を見いだします。あれやこれやの理由で主張しているのは、シャーマンがベーニム［（一七九八～一八四二）、アイルランドの小説家・詩人。アイルランドの農民の暮らしを描いたシリーズがある］やグリフィン［（一八〇三～四〇）、アイルランドの劇作家・小説家。『卒業生、*Collegians*』（一八二九）で有名］のいかなる作品にも匹敵するアイルランド的な小説だということなのです。ワイルド夫人［（一八二六～九六）、アイルランドの詩人、オスカー・ワイルドの母。ダブリンでサロンを主宰する」がそれについて馬鹿げていますが熱烈な手紙を送ってくれました。夫人は奇妙にもその小説が僕の詩よりも気に入ってくれています。[11]（CL1、二七四～七五頁［正しくは二七五頁］）

『ジョン・シャーマンとドーヤ』の印刷と出版の正確な事情は、十分に明らかになっているとは言えない。遅くとも一八九一年九月一日までにはイェイツはその本を手にしており、その日にそれをモード・ゴン［（一八六六～一九五三）アイルランドの独立運動家。イェイツの積年の恋人］に贈呈している。[12]リリー・イェイツ［イェイツの上の方の妹］の一冊（現在はダブリンのトリニティ・カレッジ図書館蔵）もまた「一八九一年九月」という日付になっていて、同月の四日にイェイツは、ウィリアム・アーネスト・ヘンリー［（一八四九～一九〇三）、英国の詩人・批評家。後出のように愛国的な週刊誌『ナショナル・オブザーバー』などの主筆を務めた］に次のように伝えている。「『ジョン・シャーマン』という私の物語が、あなたのところに送られることになっております。それには『ドーヤ』という小品が合冊されていますが、はたしてあなたのお気に召すでしょうか」（CL1、二六四頁）。しかし『ジョン・シャーマンとドーヤ』は公的には、一八九一年十一月の第二週まで出版されなかったのであり、十三日の金曜日になって英国国立図書館によって一部受領されている。[13]しかしながらその本は「第二版」であった。しかもイェイツが、一八九一年十一月九日に何人かの書評家［『ユナイテッド・アイルランド』、『アイリッシュ・マンスリー』（のM・ラッセル神父）、『アイリッシュ・プレス』（のオドノバン）など」に送った（CL1、二七〇頁）本のなかの少なくとも二冊は、「第二版」であった。[14] かくして事実上はっきりとしていると思われるのは、数年後に『葦間の風』にも生じたように二つの「版」が同時に印刷され、ただその違いは表紙と扉のページだけだったということになる。

それゆえ引き受け済み初版の二千部（一六四四部のペーパーバック、三五六部のクロス装本）は、少なくとも初版と第二版の両方をおそらく含むことになるのかと思われる。[15] この可能性によって、イェイツの『ジョン・シャーマンとドーヤ』の利益の問題が複雑なものになる。その本が出版される直前に、イェイツはオリアリーに「ガーネットはおそらく三十ポンドと言っておりますが、最初の物語としてはまことに十分な金額でしょう」（CL1、二六九頁）と語っている。十一月二十八日にイェイツはアメリカ版で十ポンド受け取っているが、これが彼の唯一記録に残されている収入である（CL1、二七四頁［K・タイナン宛］、二七六頁［J・オリアリー宛］）。一八九二年三月一日にイェイツは、アンウィンに「『ジョン・シャーマンとドーヤ』にたいして自分に当然支払われるべき額を従業員に調べさせて、それを今週のしかるべきときに送ってください」（CL1、二九四頁）と頼んでいる。アンウィンが明らかに返事をしなかったので、イェイツは八月二十三日にまた手紙を出している。「『ジョン・シャーマン』の印税として、少なくとも私にはなおも数ポンド支払われるものと思っております。アメリカ版で十ポンド受け取ったときそのように聞いておりますので、もしあなたがいまそれを送ってくださるとたいへん都合がいいのですが」（CL1、三〇九頁)。一八九二年のある時点でアンウィンは第三「版」を出版したが、おそらく九月の『カスリーン伯爵夫人と諸伝説と抒情詩』の刊行に関係していたのであろう。イェイツの現存する書簡には、この「版」のことについてなにも言及されてはいないので、どうやら発行部数の少なかったもののようである。(16)

かくして権威あるイェイツ伝でのジョゼフ・ホーンの主張、『ジョン・シャーマンとドーヤ』は「その著者に四十ポンドの稼ぎをもたらした」というのは、かなり高い金額ではないかと思われる。(17)いずれにせよイェイツは、財政のことばかりではなくいくつもの書評にかかわっていた。これらは混交していたのだが、おおむね都合がよかったのだと説明されるのが適切なのかもしれない。これまでにたどってきた十二の短評のうちでもっとも初期のものが、やはりもっとも否定的であった。おそらくイェイツが知って面白いと思ったのは、一八九二年十一月十二日の『イラストレイテッド・ロンドン・ニュース』の「L・F・D」なる人物が、「その著者は・・・明らかに女性である」と結論づけたことであろう。とはいってもおそらくイェイツはそうじてその書評をそれほどは喜ばなかっただろう。それは『ドーヤ』を無視して、次のような提言をしていたからである。

・・・私がアンウィン氏にお願いして、この匿名の女性に銘記してもらいたいのは、牧師補の腕に身を委ねるような浮気女でさえも、私が謹んで存じ上げているおおかたの牧師補をさだめしびっくりさせる芸当を、服飾品なしで演じるかもしれないということです。

しかしながら、一八九一年十一月二十四日付のマンチェスター『ガーディアン紙』の匿名書評家は、むしろより好意的であった。その巻［イェイツの本は第十巻目］は「仮名文庫」に「新たに加えられた良作」と判断され、さらに『ジョン・シャーマン』は「たいへん顕著な才能」を示していることが判明した、「筋はないが、語りがたっぷりとある」(18)（七頁）。『アシニーアム』（一八九一年十二月二十六日）のある匿名批評家にはさほどの印象を与えることはなかったが、『ドーヤ』は「雰囲気としておぼろげな魅力はあるが、そのほかには読者の目を引くようなものはない」とし、一方『ジョン・シャーマン』には「・・・事件の極端な希薄さをいくぶん穴埋めするある文体の優雅さ」（八五九頁）があると論じていた。

おそらく『ジョン・シャーマンとドーヤ』のことをもっとも賞賛した書評は、威信ある『土曜文学評論』（一八九一年十二月五日）に匿名で掲載されたものであろう。

「ガンコナー」（フィッシャー・アンウィン社）なるものによる『ジョン・シャーマンとドーヤ』は、繊細かつ控えめであるとともに直感的な芸術作品を鑑賞するすべての人を魅了するに違いない。小説にかぎりなく採用され、また使用されるさいにときにひどく損なわれてきた題材において、『ジョン・シャーマン』の著者は、新しい天空と新しい大地を引きだしている――要するに「ガンコナー」には、その才能に活力を与える創造的な資質と想像力がある。この短編物語での四人の主要な登場人物は、それぞれの性格がそれ相応にとてもよく研究されている。『ジョン・シャーマン』は巧妙ではあるのだが、巧妙さがほとんど忌むべき性質と感じられるのは、あまりにも慎ましい哀感や、あまりにも繊細なユーモアや、あまりにも鋭い観察のせいなのである。抽象的な考えまたは言い換えを使って物語を「語る」ことは、芸術的な良心を犯すことになるだろうし、いくらよくてもその固有な魅力をほとんど、または何も伝えられないことにもなるだろう。『ドーヤ』は物語というよりも、はるかに軽めのものである。それはアイルランドの伝説あるいは寓話であり、その地に巣くう巨人や妖精や不思議な諸力があった時代の話である。いまだに見受けられる『オシアン』の賛美者であれば、私たちは彼らに『ドーヤ』を読んで、それについてじっくり考えてもらいたいものだ。（六五〇頁）

『ジョン・シャーマンとドーヤ』が『ケルトの薄明』で宣伝されたときに、その推薦広告としてなぜこの書評からの抜粋が用いられたのかが容易に理解できる。

もう一つの英国でのたいへん好意的な評価は、いちばん最後に現れた一八九二年二月の『ウエストミンスター評論』に載せられたものであった。

・・・最初の物語の『ジョン・シャーマン』は、その出来事あるいは登場人物いずれにおいても、けしてありきたりな物語の連続などではなく、一貫して心地のよい抑制された興味を保持している。『ドーヤ』は、激怒するアイルランドの巨人についての荒々しい想像的な伝説である・・・ドーヤの悲しい物語はたいへん巧みに語られていて、その扱い方や道具立ても遠大で英雄的である。そのような試みをしばしば損なうあの「わざとらしさ」、それはその現代的な感傷主義にあって調子っぱずれの音のような不快感を与えるのだが、そういったものはまったく見あたらない。（二二五頁）

予想されたことだが、アイルランドの書評家は一貫して好意的であった。イェイツの運動のおかげで、彼らはまた作者が誰であるのかは気づいていた。一八九一年十一月二十八日の『ユナイテッド・アイルランド』の匿名批評家は、『ジョン・シャーマン』のなかに「静かで賞賛すべき抑制された」文体を見いだして、イェイツを大陸の巨匠たちと比較さえしている。

ジョン・シャーマンの物語はたいしたものではない。それにはあまり力がないし、筋の展開もそれほどでもないからだ。しかしイェイツ氏は、その文体をまじめなロシアのものを手本として作り上げ、読者をしっかりと捕らえている・・・イェイツ氏はある程度まで英文学に特有な書物を生みだすことに成功している。それでも言わせてもらうのだが、素晴らしい書物というものでも、またたいへんに顕著なものではないとはいえ、作者の非常に大きな可能性を発揮している書物である。

だがその書評家は、『ドーヤ』のほうによりいっそう感銘を受けて、それが物語におけるイェイツのさらなる努力の手本となるだろうといみじくも予言していた。

ドーヤの物語は魅力的な愛の話であり、イェイツ氏は本物の詩的本能でそれを語っている。これは二作品のなかでより秀逸な出来ばえのものである。たしかに躊躇せずに言えることは、「ドーヤ」は文学となる絶好の機会に挑んでいる・・・ この種の（伝）説話は、イェイツ氏の分野にあっては、「ジョン・シャーマン」よりも打ってつけである。

『アイリッシュ・マンスリー』（一八九一年十二月）に寄稿したマシュー・ラッセル神父は、一八九一年十一月初旬の手紙にあったイェイツの希望に従って、著者が誰なのかを明らかにしたばかりか、「さらに驚いたのはこの小説が、荒々しく風変わりなものを扱っているのではなく、普通の人物や出来事についての楽しい語調のものであると判明したことである・・・風景と人物のいずれの描写も、たいへん精妙な観察からくる巧妙で細やかな調子にあふれている。その文体は、おそらく品のある淡白さでいっそう引き立っており、印象的な思考と見事な警句によって、ときとして輝きを増している」（六六二～六三頁）とまでも記していた。タイナンも同様にイェイツの申し出に応じて、『ジョン・シャーマン』を「アイルランド風」であると評して、『ダブリン・イーヴニング・テレグラフ』（一八九一年十二月二十九日）と『アイリッシュ・デイリー・インディペンデント』（一八九二年一月四日）の両紙に匿名で書評を寄せており、「ジョン・シャーマンを生みだしたイェイツ氏は、ほかのどの小説家にも思い浮かばない、アイルランド風で哀愁のあるタイプの人物を読者に示している。アイルランド以外のいったいどこにジョン・シャーマンが見つかるのだろうか・・・?」（二頁）とまっさきに記していた。

書評の面からは、『ユナイテッド・アイルランド』の「ロンドン記者」が、一八九二年一月二十三日の記事で次のように書いたのは妥当であった。「『仮名文庫』のなかのイェイツ氏の近著――『ジョン・シャーマンとドーヤ』――は氏のすでに受けている評価をおおいに高めており、売れゆきも好調である・・・」（五頁）。イェイツはラッセル神父に、「もしこれがうまくいけば、さらにドラマチックでわくわくするような物語をおそらく書くことになるでしょう」（CL1、二六八頁）と語っていたので、書評と売行きだけで十分な励みになっていたのかもしれない。しかし『ナショナル・オブザーバー』の編集長であるウイリアム・アーネスト・ヘンリーは貴重な執筆の機会を与えてくれた。イェイツは一八九一年十一月二十日にAE〔本名ジョージ・ラッセル（一八六七～一九三五）、アイルランドの詩人・批評家。イェイツの美術学校時代からつき合いがあり、生涯にわたる友人〕に、「ヘンリーから『ジョン・シャーマンとドーヤ』のことで僕のところに手紙がありました。彼は両方ともたいへん気に入ってくれて、ドーヤのほうをいっそう気に入ってくれています」（CL1、二七一頁）と語っている。数日以内にイェイツがオリアリーに通知できたのは、『ナショナル・オブザーバー』が「彼らの紙面に十分に見あうように、ちなみにドーヤのような物語にたいして、短く書けるかどうか尋ねてきました。そのようにできるかどうかわかりませんが、とにかく試してみます」（CL1、二七二頁）ということであった。イェイツはやってみたばかりではなく、上首尾だったのである。一八九二年十一月を皮切りに、ヘンリーの『ナショナル・オブザーバー』とその後では『新評論』に発表されるイェイツの物語のゆうに半分以上は、彼唯一のもっとも重要な物語集である『秘密の薔薇』（一八九七）を構成することになる。『ジョン・シャーマン』に『ドーヤ』を加えたイェイツの決断は、それゆえ一八九〇年代における彼の経歴を形成するにあたって、重要な役割をはたすことになった。『ユナイテッド・アイルランド』の書評家が記していたように、『ドーヤ』は「イェイツ氏の分野にあっては、より打ってつけ」だったのであり、結局それはイェイツの出版された大半の小説の先駆となったのである。

もしイェイツが『ドーヤ』でアイルランド神話へと向かっていたならば、『ジョン・シャーマン』にたいしては、むしろ故郷がより身近に思えたのであろう。一八九一年三月五日にタイナンに知らせているように、「僕がやった何事にもまして、それには僕そのものがあるのです」(CL1、二四五〜四六頁)。この中編小説を伝記的レベルで徹底的に研究したウィリアム・M・マーフィーは、「もし我々が、イェイツ家の人々の日常生活についてさらによく知りさえすれば、その小説のそれぞれの人物や事物や事件を、イェイツ自身の生活に対応する等価物におき換えられると思いはじめる」というもっともな主張をしている。(19) 登場人物の誰一人として特定の個人をなぞって描写されてはいないのだが、シャーマンには従兄弟のヘンリー・ミドルトンの面影が多少あるほかは、おおむねイェイツ本人にもとづいているのは明らかである。ハワードはエドワード・ダウデンの兄弟であるジョン・ダウデン師をかなり参考にしている。さらにシャーマンとハワードの関係は、イェイツの分裂した自我の理論、後に彼が「自我」対「反自我」という用語で呼ぶことになるものを暗示している。マーガレットはローラ・アームストロング［イェイツ家の遠縁にあたる娘で、若いころイェイツは彼女の恋愛の相談相手であった］から得ているが、イェイツが出版することのなかった初期の劇に登場するヴィヴィアンのモデルにもなっている。メアリー・カートンのおもな出所は間違いなくタイナンである。マイナーな登場人物でさえも実人生でそれに相当する人物がいる。たとえば『ジョン・シャーマン』の第一部の終わりでシャーマンが、リバプール行きの汽船に乗っている

「ガチョウを入れた箱のそばに座っていたひどく汚い老女」のことを描写する場面で、その老女がスライゴーを捨ててロンドンに向かうシャーマンを批判するところがあるのだが、イェイツは少年時代での別の記憶と、叔母のアグネス・ポルクスフェンから言われた言葉を結びつけている。

少年だったころに、鶏籠をもってリバプールにやってきたある老婆が、私が馬車から降りたとたんにその両腕で抱きついてきて、恥ずかしい思いをさせられたことがある。彼女は私の荷物を運んでいた船員に、私が赤ん坊のときにその腕に抱いたことがあると話すのである。(20)

『ジョン・シャーマン』の登場人物のみならずその主題もまた、イェイツ自身の思想においてそれぞれ類似しているものがある。イェイツはオリアリーに、その作品の「モチーフ」は「ロンドンへの嫌悪」であると語っているが、英国の首都にたいするシャーマンの態度は、イェイツのそれと対応している。一八八八年八月二十五日にタイナンに宛てたものに、「自分の小説に戻って、この憂鬱なロンドンにたいして自分の不満のすべてをぶちまけるのです——失われた人々の魂が、永遠にその街路を歩かされているように、僕にはときどき思えるのです。それらが一吹きの空気のように通り過ぎるのが感じられます」(CL1、九二頁)とイェイツは記している。一八八八年十二月二十一日に、イェイツは「イニスフリーの湖島」の作詩をジョン・シャーマンの描写と関連させている。「僕の物語のなかの登場人物の一人に、自分が困ったときにはいつもそこから立ち去って、あの島に一人で住みたいと憧れるようにしました――僕自身の昔からの夢なのです。そんな感情に思いをめぐらせて、そのことについてこんな詩を作ってみました・・・」（CL1、一二〇～二一頁）。さらにこの後に続いて、おおくの人がイェイツの素晴らしい初期の詩の一作と考えるものの草稿、いわば人生と芸術の相互作用の成果が書き写されている。

『ジョン・シャーマン』の後でイェイツは、もう一度現実的で自伝的な物語を試みるつもりでいた。しかし『まだらの鳥』に数年間にわたって取り組んでみたが、満足すべき結果が得られなかった。またそれは終生出版されることもなかったのである。さらにイェイツは『ジョン・シャーマンとドーヤ』にたいする不満を表明しはじめた。一八九五年の一月には、それが「若い」し「生彩がない」と述べている（CL1、四二五頁［タイナンは結婚していたので、キャサリン・タイナン・ヒンクソン宛］）。だが一九〇二年の十月にイェイツがジェイムズ・ジョイス［（一八八二～一九四一）アイルランドの小説家。『ダブリン市民、*Dubliners*』（一九一四）、大作『ユリシーズ、*Ulysses*』（一九二二）がある。イェイツなどのアイルランドの民族的文学に背を向けた］と初めて会ったときに、討論の話題としてその作品がたぶん取り上げられたかもしれない。同年の十二月にイェイツは、グレゴリー夫人［（一八五二～一九三二）アイルランドの劇作家。イェイツとともに「アイルランド文芸復興」運動を推進する］に次のような物足りない残念そうな一筆とともに一冊（現在はエモリー大学図書館所蔵）献呈している。

私は――おそらくジョージ・ポルクスフェンをのぞいて――スライゴーの親戚の誰かがこのスライゴーの物語を読んだなどとは思えないのです。一人の親戚などは、毎夏ごとにそれを読んでないと私に謝るのです。彼女は「以前は一冊もっていたけれど、誰かが借りていったのよ（◦）」とよく言うのです。その本が彼女に進呈されたことはたしかです。彼女はそんなものには、けして一シリングも費やすつもりはなかったでしょうから。

一九〇四年三月にイェイツは、『ジョン・シャーマンとドーヤ』の一冊に「すべてスライゴーとハマースミスでのこと」とメモしている。(22) 七か月後の別の一冊には「私がたいへんに若く、あまりものを知らないときに書いたもので、それほどよいとは思わない」と書き込まれている。(23) かくして、一九〇七年に『韻文と散文選集』の内容と配列を検討しはじめたときにイェイツが、『ジョン・シャーマンとドーヤ』を収録するのを躊躇したのは明らかなようである。しかしながら一九〇七年七月十二日までには、イェイツはその選集の一巻に「秘密の薔薇、ジョン・シャーマン、ドーヤ」（かなり注意深い言葉の校訂を必要とする、また新しい物語が二編あるのが望ましい）(24) を収録することに同意していた。ついに『ジョン・シャーマンとドーヤ』は、『初期の物語二編』という副題のもとで、一九〇八年十二月に出版される『選集』の第七巻目に登場することになった。イェイツは新しい序文に、「いくぶん不本意であったが[25]」それらを収録するように「説得」されたのだと記している。

その新版のための印刷原稿として、イェイツは一八九一年版（L、四九一頁［A・H・ブレン宛、一九〇七年八月二六日付］）のものを自分に提供するように出版者［A・H・ブレン（一八五八〜一九二〇）英国の編集者・シェイクスピア学者。シェイクスピア・ヘッド出版の共同創立者で、このときこの出版社がイェイツの作品の版権を得ていた］に求めている。そうして彼はそのものに校訂を加えてから、序文の日付にある一九〇七年十一月十四日に印刷所に提出したのである。この資料のかなりの部分が「シェイクスピア・センター（生誕地トラスト）」に残っている[26]。これらのページによると、印刷された版には少しばかりの変更があることが見て取れるが、イェイツはゲラ刷りにさらなる校訂を加えたに違いない。彼は「私は自分の目で見てよしとしなければ、たとえ一言たりとも印刷させるつもりはありません・・・これは何年間にわたる私の最終的なテクストとなるでしょう。さらに私いがいのいかなる人によって、そのテクストのいかなる部分であっても勝手に処理させるのを拒否します」（L、四八五〜八六頁［A・H・ブレン宛、一九〇七年八月二六日付］）と譲らなかったのである。だから『選集』版にはほとんど誤りが見られない。

『選集』のために『ジョン・シャーマンとドーヤ』を校訂するにあたって、いずれの物語にも際立った変更はなかったが、それらが証明しているのは、いつもどおりにイェイツが自分の作品を校訂する機会を軽視しなかったということである。たとえば『ジョン・シャーマン』において外国語は削除されている。*“recerche”*（凝った、気取った）は“distinguished”となっている（第一部、第一章）。ゲール語のおおよそ「むなしくカタカタという尻（肛門）」という意味の*“gluggerabunthaun”*（第一部、第一章）という語は消えている。(27) 一八九一年の架空の“Inniscrewn”は、現実のイニスフリー Innisfree（第四部、第一章〔正しくは第三章〕）に取り替えられている。(28) 校訂も物語にさらなる抑制された調子を生み出している。例えば一八九一年の「ソファーの背カバーのところにいた一匹の衣蛾は、世の終わりがきたと考えてぱたぱたと這いでてきた」が、一九〇八年では「衣蛾が一匹ぱたぱたと這いでてきた」（第二部、第二章）。同様に「荒々しく」（“wildly”）や「荒々しい跳躍で」（“with a wild leap”）は、物語の最後から二番目の段落にあるドーヤが死に突進していく説明から落とされている。そのほかの変更については、カブト虫が「自分の穴から」（“his hole”）よりも、「その穴から」（“its hole”）といったような些細なものとなっている（『ジョン・シャーマン』（第一部、第二章）。

一九〇八年の『選集』での改訂『ジョン・シャーマンとドーヤ』の発刊後では、イェイツは事実上自分の正典からこれらの物語を除外している。一九二〇年の初版と一九三七〜三八年ころの再版(29)のものを献ずるにあたって、彼には少なくとも二度その作品のことを思いだすことがあったにもかかわらず、『初期の詩と物語』（一九二五年）でも、あるいはマクミラン社の豪華本でも、あるいは一九三〇年代のスクリブナー社のダブリン版においても、『ジョン・シャーマンとドーヤ』を収録することをいくらかでも斟酌した証拠はない。それでも一九〇八年の序文で、「ひさしぶりに私はそれらを読んで」みると、「それらの物語は私にきわめて深い関心を呼び起こしたのである・・・」と彼は認めている。もしほかになにもなければ、イェイツの新たな「関心」が、現在のこの『作品選集』版に『ジョン・シャーマンとドーヤ』を収録することの、おそらく十分に正当な理由づけとなるだろう。

注

（1）『W・B・イェイツ書簡集、第一巻、一八六五～一八九五年』(*The Collected Letters of W. B. Yeats: Volume One, 1865-1895*)ジョン・ケリー編（クラレンドン出版、オックスフォード、一九八六年）三三頁。今後はCL1として引用。

（2）『回顧録』(*Memoirs*)（デニス・ドノヒュー編、マクミラン社、ニューヨーク、一九七三年）三一頁。イェイツはこの著作を「一九一六～一七年に書かれた回顧録の最初の草稿」（一九頁、注一）と述べている。

（3）このクリスマス号には、イェイツのかなり長い詩'How Ferencz Renyi Kept Silent'がおそらく載せられていたので、同じく『ドーヤ』が所収されたというのは困難であったろう。『ゲール』はそのすぐ後に一八八八年一月七日にたしか廃刊になっている。ジョン・H・ケリー「運動選手たちのなかの審美家：

イェイツの『ゲール』（*The Gael*）への投稿記事」、『イェイツ　第二巻』（*Yeats* 2）（一九八四年）一三八頁を参照のこと。

（4）『W・B・イェイツ未刊行散文、第一巻：最初の書評と記事、一八八六〜一八九六年』（*Uncollected Prose by W. B. Yeats, I: First Reviews and Articles, 1886-1896*）（ジョン・P・フレイン編、コロンビア大学出版、ニューヨーク、一九七〇年）一〇四頁。今後UP1として引用。［「サミュエル・ファーガソンの詩ⅠⅡ（ダブリン大学評論）」］

（5）『新しい島への手紙』（*Letters to New Island*）（ジョージ・ボーンスタイン&ヒュー・ウイットマイヤー編、マクミラン、ニューヨーク、一九八九年）十二頁。今後LNIとして引用。「国民性なくして偉大な文学もない、文学なくして偉大な国民性もない」を参照（LNI、三十頁）。

（6）W・G・ウッド - マーティン、『スライゴー県と町の歴史』（*History of Sligo, County and Town*）（ホッジス、フィッギス、ダブリン、一八八二〜九二年）第三巻、二三一頁。

（7）「運動選手たちのなかの審美家」に用いられている『ゲール』（一八八七年四月二七日）九一頁からの転載。

（8）そのときジョン・シャーマンは、現存しているテクストといくぶんか違っていたか、またはよりありそうなのは、物語文学における象徴性を避ける困難さを、イェイツが強調し過ぎていたかのどちらかである。

（9）同月の別の手紙では、その物語は「真夜中の騎行」と呼ばれていた（CL1、一五三頁）。ワイルド夫人の『アイルランドの古代伝説と神秘的呪術と迷信』（*Ancient Legends, Mystic Charms, and Superstitions of Ireland*）（ワード&ダウニー、ロンドン、一八八八年）のなかの話の一つが、「真夜中の騎行」という題であったことをイェイツは思いだして（あるいは気づいて）、その初期の題名を避けたのかもしれない。

(10) エドワード・ダウデンは一八九一年十一月の『フォートナイトリー評論』(*Fortnightly Review*)で、ほかの作品を論評するとともに、『ジョン・シャーマンとドーヤ』に簡単に言及していた。ラッセル神父の本（ペーパーバックによる第二版）はエール大学付属バイネッケ図書館に保存されている。それを献呈するときに、イェイツは「ガンコナー」に引用符をほどこして、さらにその下に自分の名前をサインしている。ラッセル神父が『ジョン・シャーマン』の著者が誰であるか忘れないように、イェイツはさらに気を配って、包装紙の表に引用符をほどこした自署を書き加えている。

(11) 十日後にイェイツが、『ユナイテッド・アイルランド』(*United Ireland*)のウィリアム・アリンガムの選集を書評したときに言及していたのは、彼（アリンガム）の作品は、「数おおくのアイルランド人が自分たちの生まれた小さな町にたいして感じ、また子供時代に玄関のドアを通り抜けるときに眺めた山々にたいして感じるあの情熱的な愛着を神聖化したものである・・・いつにあってもアリンガムを熱愛する人々とは、いまの作家でも同様であるが、ある小さな西部の海岸の町でその少年時代を過ごした者であり、またいかにその場所が何年にもわたって彼らの世界の中心であったのか、いかにそこを取り巻く山々やその静かな川が、「永遠に」彼らの人生の一部になっていたのかを思いだす者なのである」（UP1、二一〇頁）。［「軽視してきた詩人、アリンガム詩選評」、『ユナイテッド・アイルランド』］

(12) 現在オースチンにあるテキサス大学内ハリー・ランサム人文学研究センターにあるこの本には、次の詩が献じられている。

我ら詩人は　わずかな美を表現するために

一生をかけて　苦労するのだが
じっと見つめる女と　苦労しらずの星群に
我らは　打ち負かされるのだ。
だから――エールのもっとも美しい子供である――私は
苦労から立ち上がり　跪拝の礼をする、
この苦労しらずの星群とあなたの　燃えさかる炎に
同じような畏敬の念を込めて。

この献呈詩はジョージ・W・ラッセル（AE）による絵によってふち取りがなされている。「精神の炎」と呼ばれるモード・ゴンに贈ったベラム装丁の稿本に、イェイツがその詩を写したとき、それに表題をつけて「『ジョン・シャーマンとドーヤ』を献納」とした。（そのテクストの写しについては、ほかの稿本版と同様にジョージ・ボーンスタインの近刊書、コーネル・イェイツのなかの『初期の詩、第二巻』（*The Early Poetry: Volume Two*）を参照のこと）。

一八九一年の初夏に『ジョン・シャーマンとドーヤ』が、モード・ゴンへの婚約プレゼントになればと、イェイツが期待していたのもむりはない。しかしながら一八九一年八月三日の彼の求婚は受け入れられなかった。皮肉にも何年か後に、イェイツの友人のジョン・メースフィールド［（一八七八～一九六七）英国の詩人・小説家・劇作家。桂冠詩人］は、初版本［*Salt-Water Ballads* (1902)］を自分のフィアンセに献ずることになる（リチャード・J・フィンネラン収蔵）。［なお、この詩については『葦間の風』（*The Wind Among the Reeds*）のなかの「彼は完全な美について語る」（'He tells of the Perfect Beauty'）を参照のこと」

（13）その巻はカッセル社の『（仮名）文庫』の一巻としてニューヨークで出版された。十月二日に連邦議会図書館［ワシントンDC］で版権が申請され、一八九一年十一月十日に受理されている。一八九一年のロンドン版とニューヨーク版のあいだには、不可解な内容の相違がいくつか見受けられる。もっともありうる説明としては、イギリスのテクストにはイェイツが校正でおこなった修正を含んでいるが、アメリカにはそれが送付されなかったということがあげられる。リチャード・J・フィンネラン編の『ジョン・シャーマンとドーヤ』（ウェイン州立大学出版局、デトロイト、一九六九年）には、一八九一年と一九〇八年の印刷のあいだの異文を集めたものが含まれている。

（14）一八九一年十一月二十八日の『ユナイテッド・アイルランド』の匿名の書評は、「第二版」についてのものであったが、「第二版」であるということが「その本はすでに相当程度の成功を収めていた」（五頁）という評言を説明する一つの事実となっている。上に記したようにラッセル神父に送られた書評用の本もまた「第二版」であった。

（15）アラン・ウェイド『W・B・イェイツ著作書誌』（*A Bibliography of the Writings of W. B. Yeats*）（第三版、改訂、ラッセル・K・アルスパッチ（ルパート・ハート - ディヴス社、ロンドン、一九六八年）二四頁。その情報はおそらくA・J・A・シモンズ［（一九〇〇〜四一）英国の作家。ファースト・エディション・クラブの創設者］の『ウィリアム・バトラー・イェイツによる初版本書誌』（*A Bibliography of the First Editions of Books by William Butler Yeats*）（ファースト・エディション・クラブ社、ロンドン、一九二四年）三頁からのものである。

（16）第三版は英国国立図書館やアイルランド国立図書館にも、あるいはイェイツ自身の蔵書にもない。数冊がワシントン大学とエール大学で見つかっている。その存在は一九五八年のウェイドの『書誌』第二版まで十分に立証されなかった。一九五一年の初版では、ウェイドは「第三版は一八九四年に広告が出された」（二三頁）と指摘するのみであった。シモンズの二千部という言及は同様にこの版も含まれている可能性がある。

（17）『Ｗ・Ｂ・イェイツ、一八六五〜一九三九年』(*W. B. Yeats, 1865-1939*)、再版（マクミラン社、ロンドン、一九六二年）七七頁。この伝記は最初一九四三年に出版された。

ＣＬ1、二六九頁の注二におけるイェイツの収入についての注釈は、およそ二十パーセントという考えられない印税にもとづいているだけではなく、最初の千部の印税がなかったのと同様にアメリカからの十ポンドを無視している。初版と第二版の二度目の千部が、一七八部のハードカバーと八二二部のペーパーバックから成り立っていると想定すると、十パーセントの印税ではかろうじて八ポンド足らずの収入を、十二・五パーセントの印税ではかろうじて十ポンド足らずの収入を、イェイツは得たことになるだろう。要するにイェイツには、おそらく一八九一年の英国版とアメリカ版をあわせておよそ十八〜二十ポンドの収入があったのである。ということでホーンの四十ポンドが正しいとするならば、イェイツは第三版でもう二十ポンドを得たことになるが、それはとてもありそうもないことである。

（18）その書評は「おそらくジョン・Ｆ・テイラー［（一八五〇〜一九〇二）雄弁家で鳴らした弁護士。イェイツとはなにかと反りが合わなかった］による」ものだと確認された（ＣＬ1、二七二頁、注三）。もしそうだとしても、イェイツははじめその事実に気づかないで、おそらく一八九一年十二月四日ころにオリアリーに「テイラーがシャーマンのことをどう思ったのか、お聞きになりましたか？」（ＣＬ1、二七六頁）と尋ねていた。しかしながら一八九二年八月二十三日にイェイツは、アンウィンに「もしあなたがＪ・Ｆ・

テイラーに『キャスリーン伯爵夫人』を一冊送っていただければ・・・彼は『マンチェスター・ガーディアン紙』(*Manchester Guardian*)にその書評を書いてくれるでしょう」(CL1、三〇九頁)と語っているので、そのころまでにはイェイツは、(テイラーによる批評だと)気づいていたことを示しているのかもしれない。ところがイェイツとテイラーは、「新アイルランド文庫」(**New Irish Library**)をめぐってまもなく喧嘩をすることになった。それで『キャスリーン伯爵夫人』は、『マンチェスター・ガーディアン紙』では書評されなかった。

(19)「ウィリアム・バトラー・イェイツの『ジョン・シャーマン』、アイルランド詩人の独立宣言」、『アイルランド大学評論』(*Irish University Review*)第九巻一号(春季号、一九七九年)九三頁。

(20)『自伝』(*Autobiographies*)(マクミラン、ロンドン、一九五五年)四九頁。スライゴー対ロンドンについての言及[少年イェイツが「あなたはスライゴーではちょっとした人物であっても、ロンドンではただの人ですからね」と叔母の一人に言われたこと]は二七頁を参照。マーフィー(一〇一頁)はそのとうの話し手がアグネス・ポルクスフェン[イェイツの母の妹]であるとしている。

(21)『ジョン・シャーマンとドーヤ』のジョイス本には、「ジャス・A・ジョイス、ダブリン、一九〇二年」と署名されている。販売カタログ『ジェムズ・ギルバリー図書館蔵の現代文学』(*Modern Literature from the Library of James Gilvarry*)、クリスティーズ(ニューヨーク)、一九八六年二月七日、品目#三九三、一四九頁参照。現在この本は所在不明。

この会見の詳細な記述が、リチャード・エルマン改訂・編集の『ジェイムズ・ジョイス伝』(*James Joyce*)(オックスフォード出版局、オックスフォードおよびニューヨーク、一九八二年)の一〇〇～一〇四頁にある。イェイツのその際の記述は出版されなかったが、それは最初『善悪の観念』(*Ideas of*

Good and Evil, 1903）の「序文」として意図されていたもので、『ジョン・シャーマン』で展開される相違、つまり町、特に「ロンドンのような大都会」と、田舎、特に「アイルランドやとても町とは呼ばれたことがないような場所」との相違を要約している（一〇三頁）。

思うにジョイスが『ジョン・シャーマン』を一冊もっていたことを知らないで、ブレンダン・O・ヘールはかつてこのような論評をした。「私にとって不思議に思わざるをえないのは、イェイツが年をとり過ぎていて自分にはどうしようもないといった、若いジョイスのいわゆる生意気な評言は、もしそれがほんとうならば、イェイツの小説によって煽られたからではないのかということである。たしかに『ダブリン市民』の著者は、技術的には『ジョン・シャーマン』の著者よりもはるかに進歩していたとはいえ、『室内音楽』［ジョイスの詩集］の著者は、詩人イェイツになんらの有益なことは発言できなかったであろう」（リチャード・J・フィンネランへの手紙、一九七〇年、一月十六日）。

（22）『ジェムズ・ギルバリー図書館蔵の現代文学』、品目四六八、一八一頁。現在は所在不明。

（23）ウェイドの『書誌』二一四頁から引用。その献辞はポール・ランプリー本にあった。現在は所在不明。

（24）アラン・ウェイド編『W・B・イェイツ書簡集』（*The Letters of W. B. Yeats*）（ルパート・ハート－ディヴス社、ロンドン、一九五四年）四八八頁。今後はLとして引用。一九〇七年七月八日付のブレンへの手紙の全文よって、イェイツが明らかにしているのは――これにかんしてウェイドは断片しか活字にしていないが（L、四八六～八七頁［この手紙の残りの部分は見つからないとなっている］）――「新しい物語二編が望ましい」とは、『ジョン・シャーマンとドーヤ』にたいしてではなく、『秘密の薔薇』（*The Secret Rose*）のなかにある物語にたいして、代替となる二編の可能性について言及しているということである（アイルランド国立図書館、MS、三〇、五六八）。

(25)「シェイクスピア生誕地トラスト」(ER、一三六/七四)が保存する記録張として使われた日記に、A・H・ブレン(一九〇八年の『作品選集』の出版者)は、『ジョン・シャーマン』についての好意的な注解を書いていたか、さもなければ写し取っていた。それによると『ジョン・シャーマン』は、「たんに芸術家気質の巧みな物語というだけではない」、「より精妙で、より表現しがたい、より永続的な価値がいくぶんかある」(六月二十四~二十六日の記載)。かくして「説得」は彼がしたように思われる。他方イェイツは「初期の二編の物語」という副題に固執しており、ブレンへの日付のない手紙のなかで、『ジョン・シャーマンとドーヤ』がついに本となりますが、初期の作品と表示されなければなりません――そのことは大事です」と語っている(カンザス大学図書館)。

(26)ER、一三六/六三として蔵書目録されている製本されてない頁の欠落した部分は、四七~四八頁、七七~一一二頁、一三一~四二頁と『ドーヤ』のすべて(一七一~九五頁)である。コンラッド・A・バリエットの『W・B・イェイツ、稿本調査』(***W. B. Yeats: A Census of the Manuscripts***)(ガーランド出版、ニューヨーク&ロンドン、一九九〇年)では、保管文書には「校正刷り」を含むとあるが、これは誤りである(二二六頁)。

(27)ブレンダン・O・ヘールは *gluggerabunthaun* を次のように分析している。「その言葉が文字どおりなにを意味しているかを言うには、まずアイルランド語の分析が必要となる。そして分析すると困ったことに、二つの異なる意味の可能性が生じる。それは *glagar a'buntáin* か *glagairebuntáin* のいずれかである。*glagar* はおおむね **'rattle'** を意味する――カタカタという音、カタカタする音である。比喩的な拡張によって、それは「自慢する、ぺちゃくちゃしゃべる」を意味するようになる。*glagaire* はカタカタというなにかである――玩具のカタカタ、腐った卵、ばらけた種の入っている莢《さや》または殻。***bun*** は一般的には普通の意味で「底（部）」のことだが、それは「臀部」あるいは「肛門」という意味にもなる。*bundún* はとりわけ産卵のときに伴う家禽の突きだした肛門、あるいはその突きだした臀部を意味する。*buntán* という語がすぐに *bundún* の方言的な変形として現われる。しかしながら、いくぶん軽蔑的な意味において、接尾辞 **-[t] *an*** がときに表わすのが、この接尾辞のついた語が暗示する属性によって特徴づけられた人や物のことである。だから *buntán* はそれゆえ、*a bun* をもつ物か人のことを意味しうるが、それはまた *buntán* を重ねることもできるので、おそらくある方言で *buntán* とは、たとえば突きだした臀部をもつガチョウ（間抜けな人）のことかもしれない。だから上の最初の句は、「突きだした肛門のカタカタという音」か「突きだした肛門をもつ人のカタカタという音」のように解釈されるかもしれない――いずれの場合でも'rattle'は、「自慢する」をおそらく意味するだろう。二番目の句は、「カタカタという肛門をもつ人」か「カタカタという肛門」、または「カタカタという突きだした臀部」か、「カタカタという突きだした臀部の人」と解釈されるかもしれない。どれにもおそらく屁をひるという概念があるだろう。一つの解釈を強いられるならば私はこう言いたい、およその解釈は「むなしくカタカタという肛門」となるだろう」（リチャード・J・フィンネランへの手紙、一九六八年一月十八日）。

その独創的な「イェイツとアイルランド言語」、『イェイツ』第一号（一九八三年）の九二〜一〇三頁において、ヘールはさらにこのように解説している。「イェイツがその語を用いたときに、おそらくゲール語の同義語として――「夢うつつの御仁」よりもはるかに軽蔑的な意味を、その語がもつなどとはおそらくまったく考えなかったのだろう。しかし一九〇八年までには、彼はその語のほんとうの意味を――もしそれを私がこのように表現できれば――風の便りに聞いていたので、自身の代用語とするにはあまりにも粗野な呼び方であると気づいたのである、つまり甘美な響きの音節に隠されたゲール語（がもつ意味）

のがさつさの一例であると」。（九七頁）。

（28）ブレンダン・O・ヘールは、"Inniscrewin" について次のような分析をしている。現状ではどうも私にはそれがはっきりしないのである。'*Innis*'——つまり *Inis*——は「島」を意味する。Innisfree（イニスフリー）は *Inis Fraoigh*「ヒースの島」であるが、もし Inniscrewin が実名であるならば、ある言葉がそれとはわからないほど変形されて 'crewin' になったのであろう。*cruan* は赤か橙色を意味する形容詞である。*cruinn*（とはいえクリンと発音される）は円形あるいは完全を意味する形容詞である。ミース県には Loughcrew（ロッホクリュー）があるのだが、*Loch Craoibhe* での *craoibhe* は、「枝の茂った」を意味する。しかし語末にあの -in がついた理由が、私にはどうしてもわからない。Cruninish は、ファーマナ県にある Lough Erne（アーン湖）にある島（スライゴーの町から東に約四十マイル）のことであるが、おそらく *crón inis*（赤銅色の島）であろう」（リチャード・J・フィンネランへの手紙、一九六八年一月十八日）。さらに「'Inniscrewin' は前後を逆にした 'Crewinish' であるかもしれない、ただ中央にある -in の音節が繰り返されているのだが。もしイェイツがいくぶんでも、'Innisfree' にふさわしい代わりの言葉である——'Crewinish' が「枝の茂った島」という意味だと気づいていたならば、このことは意味があるということになろう・・・だが不幸なことに置換においてごっちゃになっているのだが。そこで私は二つの対立する仮説を採用する。（一）イェイツはアイルランド語の響がする名前を探し出したのであって、その語がもちうる意味をまったくか、いささかもわからなかった。（二）誰かの助けを借りて、彼はスライゴーにたいして巧妙な（しかし誤った）変名を用いた」（リチャード・J・フィンネランへの手紙、一九六八年一月二十七日）。

ダブリンの「陸地測量事務局」のイーモン・デ・ヒオールは、"Inniscrewin" についての代案となる解釈をおこなっている。「語形からは Inniscrewin は、ただちにキララ湾岸にあるスライゴー県西部地区の Innishcrone（イニシュクローン）の町のことを連想させる。スライゴーの町からはいくらか距離があるが、この町は昔もいまもよく知られた休暇用のリゾート地であり、イェイツも少なくとも名前ぐらいは確実に知っていただろう。その名前はアイルランド語の *inis eiscir*（または、*eiscreash*）*abhann*「川のエスカー（砂や砂利が堆積地）の inis」に由来する。現在ここには島はないが、この場合での inis は、たぶん「搾乳地」または「川の草地」を意味する可能性が高いと思われる・・・我々がその名前に触れてきた十六世紀末期の（一つ）の語形である Inyschrewin が・・・イェイツによって使われたものと酷似している。Innishcrone の場合では、inis は「島」を意味しないようであるが、それが心のなかに浮かんだ最初の意味であったであろうし、イェイツが気づいていたほかのおおくの場合と同様に、ここではそれが「島」を意味すると彼が考えてもむりからぬことであろう」（リチャード・J・フィンネランへの手紙、一九六八年一月三十一日）。

イェイツは新しい序文で「スライゴーは・・・バラである」と認めているのが、一九〇八年のテクストでも「バラ」を使い続けている。部分的には「バラ」はスライゴーよりさらに典型的なアイルランド的な地名である。O・ヘールが記しているように、スライゴーの近くの二つの町はバラとバリナと呼ばれている。さらに「道」、「瀬の入口」や「町」をそれぞれ意味する「バラー、バラ、バリ（Ballagh, Ballah, Bally)」は、アイルランドの町や村の名前にしばしば用いられる要素である」（リチャード・J・フィンネランへの手紙、一九六八年一月二十七日）。つけ加えると「バラ（Ballah）」のままにしておいたのは、ブレイクの「ビューラ（Beulah）」の響きのせいかもしれないが、イェイツとエドウィン・エリスの『ウィリアム・ブレイク作品集』（*The Works of William Blake*）（バーナード・クォリッチ、ロンドン、一八九三年）に記述されているように、「休息の地、直感の控えの間、さらに詩神の住む所」（第一巻、二六〇頁）だとされているからである。

(29) バリエットの『調査』二一六頁を参照。

テクストへの覚書

この版の原典テクストは、ストラトフォード・オン・エーボンにあるシェイクスピア・ヘッド出版によって、一九〇八年十二月に出版された『作品選集』の第七巻目となる『ジョン・シャーマンとドーヤ、初期の物語二編』である。イェイツはその版の校正を注意深く行なったので、求められた修正は『ジョン・シャーマン』全体で五か所だけであった。第一部第二章（第十七段落、最初の文）の「シャーマン」の後に、一八九一年のアメリカ版でのようにコンマが加えられている。第一部第三章（第九段落、二番目の文）では、"longed" が一八九一〜九二年での印刷のように "longer" に訂正されている。第三部第三章（第十五段落、最初の文）では、二重引用符が一重引用符に修正されている。第四部第三章（第二段落、後ろから二番目の文）では、一八九一〜九二年の印刷のように "illusion" が "allusion" に訂正されている。第五部第二章（第三段落、最初の文）では、一八九一年のアメリカ版でのように "beside" が "besides" に訂正されている。

現在の版においては、行末のハイフンで繋がれたすべての複合語は、ハイフンつきの語形であると考えることができる。原典テクストでの行末の曖昧なハイフン化は、一九〇八年版と一八九一年版またそのどちらかの場所で生じているその語にもとづいて判定されている。そのような証拠が不明瞭な三例においては、原典テクストのハイフンつきの形がそのまま用いられている。“vine-trees”（「序文」、最後の文）、“house-maid”（『ジョン・シャーマン』第二部第二章、第二段落、最後の文）、“quicken-berry”（『ドーヤ』第三章、最後から二番目の段落、十一番目の文）。

『作品選集』に復刻されなかった「ガンコナーの弁明」のテクストは、最初の一八九一年の英国版から取られている。訂正箇所はなかった。テクストの上つき数字については編者の注釈を参照のこと。

小説　ジョン・シャーマンとドーヤ

［序文］

いくぶん不本意ではあったが、これらの初期の物語（二編）を［『韻文と散文選集』に］含めるように説得されたので、ひさしぶりに私はそれらを読んでみた。するとそれらの物語は私にきわめて深い関心を呼び起こしたのである。というのも私には占星術の心得があって、そこに見えるのが一人の若者であり――私は二十三歳だったろうか？　だが我らがアイルランド人はゆっくりと成熟する(1)――水瓶座が水平線上に位置し、土星時において土星を克服するために骨を折っているときに生を受けた若者なのである。しかも後のおおくのことのなかにちょうど私に見えているように、いまだにまったく征服されない月とその若者との闘争が続き、私の考えでは、ついにはより誇り高い太陽の召喚となるのである。(2)私が子供のころに暮らし、その後も長いこと毎年のように数か月問ないし数週間を過ごしたスライゴーが、バラという町になっていて、ドーヤの潮溜まりがそこの河口にある。(3)さらに水瓶座の出の生まれではないが、シャーマンという人物のすべての材料を私に提供してくれた、いぜん日焼けした顔の男がいる。彼は、この瞬間にあっても壁をめぐらせた庭園のなかで、二十年前と同じように、温室の壊れたガラスを修繕したものかどうか思案しているのかもしれないが、そこのブドウの木や熟さなかったブドウの房のことを思いだすには、私もそれほど若く

はないのである。(4)

W・B・イェイツ

一九〇七年十一月十四日

［序文］の原注

（1）イェイツは『ドーヤ』を書いたとき二十二歳であったが、それから『ジョン・シャーマン』に取りかかった。後者は彼が二十三歳のときに事実上完成している。

（2）エリザベス・ハイナが「W・B・イェイツ自身の手になる地図」、『伝記』（*Biography*）第一巻、第三号（夏季号、一九七八年）四三頁で説明しているように、

水瓶座はイェイツの（星の）出の星座である。「土星時」は、あのゆっくりと運行する惑星である土星の一八八八年における運行［十二宮図上の特定点上を惑星が横切ること］と関係する。その運行は、イェイツの東出点［誕生時に東の地平線にかかる黄道上の位置］と完全に衝［太陽と惑星が地球を挟んで正反対に位置すること］の星位となる獅子座の初期の（黄道）区分を通過し、さらに続いて獅子座にあるイェイツの出生時の火星との合［地球からみて惑星が太陽と同じ方向に位置すること］を通過する。クロノスなどと呼ばれている土星は、伝統的に災いの惑星であり、我々にひどい労働を課し、また責任を取るように迫る時計係

である。東出点はきわめて繊細な点であり、衝はしばしば緊張に満ちた星相［惑星間の角度のことで人の運勢に影響する］となる。一九〇七年のイェイツにとって、一八八八年における人生の緊張状態を振り返ってみると、その小説を書く困難さは土星の衝を反映していた。

さらに正確なイェイツ生誕の時点では、「水瓶座の最初の（黄道）区分は、東方において出の状態にありました。完全に衝となっていたのは、西方の入りにあった獅子座の最初の（黄道）区分においてでした。双子座にある太陽は、西の地平線のかなり下にあって、水瓶座にある西の地平線下にある月は、真夜中に出ることになっていました・・・イェイツはこのような天文学的な位置を解釈しているときに、占星術の伝統にいるわけなのですが、太陽が十分に識別させるままに任せるには、月の反映をうまく処理しなければならないと思っているのです」（リチャード・J・フィンネランへの手紙、一九九〇年八月二十九日）。

（3）スライゴーはアイルランド北西岸の町であるが、イェイツは母方の祖父母と一緒にその子供時代のかなりの期間を過ごした。『スライゴー県と町の歴史』（ホッジス、フィッギス、ダブリン、一八八二～九二年）で、W・G・ウッド・マーティンは「スライゴーへ通じる運河は、バー（砂州）と呼ばれる広大な潟を横断している。その最深部（最低水位で約十三フィート）はブイでわかるようになっている。また砂州内には水深が約二十フィートあるプールドーイと呼ばれる良好な停泊地があり、船舶は天候が穏やかなときには、入港するために水待ちをする」（第三巻、二二一頁）と説明している。

（4）イェイツの従兄弟であるヘンリー・ミドルトンは、スライゴー県のロセス岬にあるエルシノアと呼ばれる幽霊屋敷とおぼしきところで一人暮らしをしていた。イェイツは「一つの繰り返しに三つの歌」

（'Three Songs to the One Burden'）で彼のことを次のように詠っている。

私の名はヘンリー・ミドルトン
私にはわずかながらの地所があり、
嵐で傷んだ草地の上に建つ
忘れられた小さな家もあるのだが
私は家の床を磨き、寝床を整え、
料理をし、皿を取り替える。
郵便配達夫と庭番の少年だけが
私の古い門の鍵をもつ。

（『詩集』（*Poems*）改訂版、リチャード・J・フィンネラン編［マクミラン、ニューヨーク、一九八九年］三二九頁）。

小説　ジョン・シャーマン

第一部　ジョン・シャーマンがバラを去る

一

アイルランドの西部地方にある、十二月九日の、バラの街中のインペリアル・ホテル(1)には、若い聖職者の泊り客がたった一人いるだけだった。以前に一夜の宿を所望した行き暮れた旅商人を別とすれば、丸一か月間この客のほかには誰もいなかったが、その客もそろそろ引き払おうと考えていた。夏場は鮭や鱒の釣人でごった返したこの町も、冬場になるとずっと休眠している態のようだった。

十二月九日の夕刻のインペリアル・ホテルの喫茶室には、この客のほかは誰もいなかった。その客は苛立っていた。終日雨だったからであり、それもいましがた降り止もうとはしていたが、日もほぼ暮れかけていたからである。旅行カバンの荷造りはすでに済ませてあった。靴下、衣服用のブラシ、剃刀、礼装用の靴もそれぞれカバンの四隅に収められたので、いまや彼にはすることがなにもなかった。テーブルにおかれていた新聞を読んでみた。彼はその新聞の政治姿勢には納得がいかなかった。

階段の真上にある小部屋でウェイターがアコーディオンを弾いていた。その客の苛立ちは募った。というのはそのことを気にすればするほど、そのアコーディオンの演奏が下手なことに気づいたからである。喫茶室にはピアノがあった。彼はそこに座って、できるだけ大きな音で正確にその曲を弾いてみた。そのウェイターにはどこ吹く風であった。まさか自分のために弾かれているものだとは知らなかったのである。すっかり演奏に夢中になっていて、おまけに年老いて、頑固で、耳も遠かった。その客はついに我慢ができなくなった。彼はベルを鳴らしてそのウェイターを呼んだが、なんの用事もないことに思いあたって、ウェイターがやってこないうちに外出した。

彼はマーティン通りからピーター小路へと抜け、魚市場の一角にある火災にあった家のところを曲がって、橋のほうへと一歩一歩たどっていった。町並は雨垂れで滴っていたが、雨もほとんど上がっていた。水溜りに落ちる大きな雨粒はますます疎《まば》らになった。アヒルの時刻だった。さきほどまで門の下で体を寄せあっていた三、四羽ほどのアヒルが、今度は本通りの側溝で水をはね散らかしていた。戸外にいる人もほとんどなかった。一度か二度、泥まみれの黄色のゲートルを巻いた農夫が、通りすがりにその客の顔を見た。一度、衣料籠をもった老婆が、プロテスタントの臨時の代理牧師(2)であることに気づいて、深々とお辞儀をしてきた。

雲がゆっくりと流れ、深まる夕暮れのなかに星が出てきた。タバコを購入したその客は、橋の欄干にレインコートを広げると、今度はそれに肘をついて、川を眺めてようやくほっとした気分になった。彼は自らに復唱した、自分の瞑想には星群による銀の被膜がほどこされているのだと。水は音もなく流れ、大きめの星が一つ、二つ、暗い水面に小さな火の道筋を作った。遠くの開き窓からの光もまたその道筋を作っていた。魚が一、二度ほど飛び跳ねた。堤防沿いに立ち並ぶ家々がおぼろげな影を作りだすさまは、亡霊が酒盛りをしているようだった。

そう、彼はいまやその世界にすっかり満足していた。彼が影を映す川を楽しんでいること――静寂が創りだす本物の祝祭――には、心地のよいことにこんな了解が混じっていた。欄干のところに彼が寄りかかって、近くのガス灯の光で、その洗練された体つきと神経質そうな顔をかすかに明滅させ、また懐中時計の鎖に吊るされた英国国教会職の小さなメダルを煌《きらめ》かせていると――もし誰か目撃者がいたならば――彼はこの半ば見捨てられた町――垢抜けしないと同時に因習的な町――の住民とは違ったたぐいの人間に思われたはずだと。このような聖と俗との二つの感情のあいだに、完全な喜びの躍動する波が激しく揺れ動いた。生得権のある住人のほうではなく、かえって彼のほうがこの影と川をこの上なく美しいと感じていると思ったときに、そのことが彼に自分は何者であるかということを、なんと心地よく意識させていたことか！　全生涯を辺境に暮らす者にではなく、たくさんの本を読み、オペラや芝居を観劇し、宗教的な生活を経験し、スイスで滝についての詩を書いてきた彼に、この川はイメージと驚異の交錯を呼び起こしたからである。この川が町民にどんな意味があるのかは彼には想像できなかった。それにはたしかになにかの意味があるには違いない！

自身から川にまた川から自身へと、思考の織物を紡ぎながら暗闇を注視していると、橋の向こう側の中空を動いている赤い光の点が、彼の目の片隅に入ってきた。彼はそのほうへと体を向けた。その光はますます近づいて来て、光の背後から一人の男と葉巻が同時に姿を現した。男は片手に釣針のたくさんついた大量の釣糸を、もう一方の手には餌の詰まった浅いブリキ缶を携えていた。

「今晩は、ハワード君」

「今晩は」とその客は答えながら、欄干から肘を外して、気乗りしない様子で釣針をもつ男を見た。彼の頭にようやく浮かんできたのは、バラの町では無教養な人々に取り囲まれているということだった。というのも彼は、下の水面に輪を描いている夕方の最後の羽虫から、オペラ『メフィストーフェレ(3)』のなかの「小さな精霊」にたいする悪魔の唄を思いだしていたからである。石の欄干のところで下を見ていた彼は、一瞬考え込んで、それから突然叫んだ——

「シャーマン君、君はどうしてこんな場所に我慢しているんだ——寝食のことのほかにいろんなことを考えている君がだよ、必ずしも糠働《ぬかばたら》きなんかすることのない君が？　ここの生活は十八世紀の暮らしだよ——あのむさくるしい世紀のね。ところで、僕は明日出ていくからね。やれやれ、こんな灰色の通りや灰色の人間たちにはもううんざりだ！　病気であろうと健康であろうと、あの牧師は戻ってくるはずさ。僕は宗教についての評論を書くつもりだけれど、それも身命を賭してね。ほら、あそこの角にいるあの年寄りのことを考えてもごらんよ、我らがいちばん大切な教区民のことだけどね。あの脳天には頭の髪の本数ほどの考えしかないんだよ。ただ見ているだけでも人生から品位をなくしてしまうな。それからどの店にも、教科書と日曜学校の賞品のほかになにがあるんだ。僕みたいにたくさん読書する必要のない人間にとっては、そりゃたしかに上等だよ。ここの聖歌隊もひどいもんだ！　雨だってひどいもんだ！」

「必要なのはその場に見あった仕事だよ」。浅い小さな缶から取りだした餌のミミズを釣針につけながら、もう一方が言った。「僕はウナギを捕っている。君も夜釣りの糸を仕かけたらいい。こんなふうに糸にミミズをつけて、川岸の水草のあいだに仕かけるんだ。運がよければ、朝になって一匹か二匹見つかるよ、クルクルと回りながら水草を揺らすやつがね。この雨の後では僕は大漁だな」

「ずいぶんなことを勧めるね！　君はここにいるつもりなのかい？」とハワードは言った、「君の性根は我らがいちばん大切な教区民のように腐ってしまうぜ」

「いや、いや！　君にはざっくばらんに言うけれど」ともう一方が答えた。「僕はちょっとした二枚目だろう。僕の算段はそこのところにあってね、じきにここから出ていって、ある金持の女の子を口説いてね、僕と恋に落ちるというわけさ。僕はまんざら悪い結婚相手でもないよ、女のほうが少しばかり裕福にしてくれた後で、僕の伯父さんが死ぬだろうから、もっと裕福になるからね。できればいつも無為徒食でいたいもんだ。そうさ、僕はお金と結婚するのさ。母親の本音もそこにあるんだから、それに僕はね、割に合わない恋をするような人間でもないいんでね。いまのところ――」

「君は無為に暮らしている」と他方が口を挟んだ。

「いや、世間を知ろうとしているんだ。君のいう都会では、人は自分のような少数派を見つけるだけで、そのほかのことになるとなんにも知らないのさ。自分自身のような人たちしか知らないんだよ。でもここでは一日散歩をすれば、世間中の誰とでもおしゃべりすることになるよね。出会う人みんながそれぞれの階級の人だろう。いませっせと集めている知識がね、大都会ことなどなにも知らない僕が、そこに足を踏み入れるときに役に立つかもしれないんでね。でも、いまは釣り糸を仕かけなければ。僕と一緒に来ないか。君を家に呼びたいんだけれど、僕の母親と君とはどうも馬が合わないよね」

「自分が信じない人と暮らすことなんか僕にはできないな」とハワードは言った。「君は僕とはそうとう違うな。君は事実だけで暮らすことができる人間だ。だから君の計画というのがそんなにも欲得づくなんだよ。この美しい川や、この星々や、この家影をまえにして君は花のなかにいる虫のように感じないのかなぁ？　僕のほうはね、やはり自分の将来の計画は立てている。大都会からは近からず遠からずといった場所でね、菱形の窓枠のついた小屋のなかにいる自分が目に浮かぶんだよ、そこの暖炉のそばに座っているのがね。いたるところに本があって、壁にはエッチングが架かっている。テーブルにはある宗教の問題についての評論の手稿がおかれている。たぶんいつかは結婚するだろうね。ひょっとするとしないかもしれないが、求めるものが多過ぎるんでね。たしかなのは金のための結婚はしないつもりだ。というのは、僕らがその性質から率直さや誠実さをなくしてしまえば、コンパスなしになると考えているんでね。もしいったんそれを壊すと、世のなかには道がなくなってしまうぜ」

「じゃまた」とシャーマンは元気よく言った。「これで釣針すべてに餌がついた。君の計画は君にお誂《あつら》え向きだよ。でも僕みたいに、世のなかをのらりくらりと暮らしたいと願っている哀れな不精者には高嶺の花だな」

二人は別れた。シャーマンは釣糸を仕かけに、またハワードはホテルへと上機嫌で向かったのだが、それも自分が饒舌であったと思えたからである。通りに面した（ホテルの）ビリヤード室には明かりが点いていた。ときどき数人の若者がぶらりと遊びにやってきた。彼はなかに入った、それというのもこんな田舎の若者に交じると、人目を引くと感じたからである。しかも彼はビリヤードの名手だった。彼がなかに入るなり、ゲームをやっている一人が的をはずして悪態をついた。ハワードはその男を睨んでたしなめた。彼はしばらくゲームに加わっていた。すると遠くのドア越しにホテル経営者の妻が、暖炉の台架にヤカンを載せているのが目に入ったので、そそくさと退室した。それから彼は暖炉のほうに椅子を引き寄せて、聖職者に特有のどの信者にもある事件についての長談義をはじめた。

釣糸の仕かけを済ませたシャーマンが帰宅するときに、パブをのぞいてこの町でただ一軒開いているタバコ屋──菓子店とタバコ屋とで一店舗になっている──のそばを通り過ぎた。タバコ屋の主人が店の戸口に立っていて、町の向こうのライバル店でいつも買う人間がやってきたのに気づいて、このように呟いた。「ほら、夢うつつの御仁《ごじん》が通る。どうやら釣りをしていたようだな。えへん！」。シャーマンは橋を再びわたるときに一瞬立ち止まって、その水面を眺めた。そこにはいま昇ったばかりの三日月がおぼろげに輝いていた。その月はどれほどのたくさんの追憶を彼に呼び起こしていたことか！　どんな遊び仲間とどんな少年らしい冒険をしたかを思いださせていたことか！それはハワードに「あちらにおゆき、私がお前に話してあげたあのほかの喜びやほかの光景のほうへ」と言ったように、彼には「私のそばにいなさい」と言っているように思われた。それは恋心を抱く者にはじっとして夢を見るように命じていたが、想像をめぐらす者には飛ぶような足取りを与えていた。

二

シャーマンとその母親が暮らす家は、田舎町によくあるなんら造作のない家並みのなかの一軒であった。人気のない舗道のうえに迫り出すように建てられた面白くもない各家の正面は、その実用主義ということにかけてはある種の威厳があった。それはこのように言っているようであった、「流行が私たちを作ったというわけでもなく、ましてや移り気が私たちの砂で磨かれた戸口の上がり段を通るはずもない」。地階のどの窓にも同じような煤けた金網のブラインドがぶら下がってい て、どのドアにも同じような真鍮のノッカーがついていた。どれも判で押したみたいだ！　ブラインドも「かくも長きにわたって、私たちのあいだを目という目が覗いてきた」と言っているようであったし、ノッカーのほうも「指という指が私たちをもち上げた」と呟いているようであった。

スティーブン通り十五番地は、似たような二十戸のなかにあって、取り立てて目立つ家というわけではなかった。通りに面した客間の椅子は重厚なマホガニー製で、その四隅には擦り切れた馬巣織《ばすお》りのクッションが張られていた。丸テーブルには、半ば擦り切れた日本風の図柄が刻印された、アメリカ製の油布のテーブルかけが敷かれており、その上には車輪のスポークのようにおかれた、ある人物の手になる『新約聖書』の注釈書があった。この部屋がめったに使われることがなかったのは、シャーマン夫人は口数が少なかったので、人づきあいがあまりなかったからである。この部屋には婦人服の仕立屋が一年に二度座ることがあった。また教区牧師の妻が月に一度ほどここで紅茶を飲むことがあった。その部屋はたいへん清潔だった。鏡にはハエの跡もなかったし、夏場ずっとおかれた暖炉の火格子のシダの葉も、ひんぱんに取り替えられていた。この部屋の裏側には庭を見わたせる居間があって、そこの椅子は（居間の）マホガニーのものに代わって、座るところが籐製になっていた。シャーマンは生まれてこのかたずっとここで母親と住んできた。それで彼らの年老いた女中は、ほかのどんなところに住んでいたのかほとんど思いだせないほどであった。そんなことでそのうちに女中は、この家の四つの壁面を見るまえに知っていた世界をまったく思いだせなくなるだろう。というのも毎日のようになにか新しいことも彼女は失念したからである。息子はおよそ三十歳、母親は五十歳、その女中は七十歳に近かった。彼らには毎年二百ポンドの収入があった。それで息子は年に一度衣服一式を新調すると、鏡で自分の姿を眺めるためにその客間のなかに入った。

十二月十日の朝にシャーマン夫人は、息子より先に階下にいた。やせぎすで繊細そうな女性で、口数が少ない人によくある薄めの唇はきりりと閉じられて、温和であると同時に用心深そうな目が、その唇の堅苦しさを和らげていた。彼女は女中を手伝いながら食卓の準備をしていた。それからその後で、休むことを許さない古風な考えから編み物をはじめたのだが、ときおり編み物を中断して台所に入っていくか、階段の下で聞き耳を立てたりした。ついに階上から音が聞こえたので、しばらくぼそぼそと呟きながら熱湯に卵を落としてから、また編み物に取りかかった。息子が姿を現すと、彼女はにっこりとして彼を迎えた。

「また寝坊だよ、お母さん」と彼は言った。

「若者なら眠いはずよ」と彼女は答えたが、息子をいまだに少年だと思っていたからである。

彼女はその若者よりいくらかまえに朝食を済ませていた。しかし食卓を離れるのがとてもよくないことと思われたのか、湯沸し器の後ろに座ってそのまま編み物を続けていた。勤勉［編み物］によってもたらされる恩恵［衣類］は、おおくの貧しい子供にとってありがたく感じられるものであった――その子供らは彼女がよかれと思うほとんど唯一の隣人ではあったが。

「お母さん」とやがてその若者は言った。「例の友だちの代理牧師が今日いなくなるんだよ」

「いい厄介払いだねぇ」

「母さんはどうして彼にそんなにきびしいんだい。この家にきたときは、インテリな物言いだったろう」と息子は答えた。

「あの男の教養が嫌いなのさ」と彼女は答えた。「それにあちこち走り回って、あれやこれやの女となれなれしくしたり、手袋のボタンを留めたり外したりしながらおしゃべりするあの態度もね」

「母さんは彼がとても世慣れた人間だということを忘れているよ。そりゃ彼にはたしかに僕らには奇妙に思えるそぶりはあるけど」

「あぁ、あの男は上手くやれるかもよ」彼女は答えた。「牧師館のあのカートンさんの娘さんたちとならね」

「あそこのいちばん上の娘はいい子だよ」と息子は答えた。

「あの娘は私たちみんなのことを見下しているのさ、自分は頭がいいんだと思ってね」と彼女は続けた。「娘たちが教義問答や聖書、それと芸事として少しばかりのピアノのお稽古なんかに満足していた時代を思いだすね。それ以上なにがいるっていうんだい？　みんな見栄なんだよ」

「母さんは子供のころの彼女は好きだったよね」と若者は言った。

「私は子供なら誰でも好きなんだよ」

シャーマンは朝食を済ませてから、一方の手に旅行記を、もう片方には移植用ゴテをもって庭へと出ていった。そして居間の窓の下で早咲きのチューリップの新芽を探してから、庭のもっと奥のほうへと行って、促成栽培の浜菜に覆いをかけはじめた。作業に取りかかってさほどたたないうちに、女中が手紙をもってきた。芝地の一角に石のローラーがあった。彼はその上に腰かけて、人差し指と親指のあいだに手紙を挟んで、このように言わんばかりにそれを眺めはじめた、「ええ、どういうつもりなのかはわかっています」。ローラーの上で自分の脇に本をおいたまま、開封することなく長いあいだ彼はそんなふうにしていた。

庭――手紙――本。シャーマンの人生の三つの象徴がそこにある。毎朝、自然の風景と音に囲まれたその庭で彼は働いた。月ごとにそこに植物を植え、鍬を振るい、また掘り返した。中央に庭を二分する塀を立てていた。塀の向こうは花用で、こちらは野菜用だった。家からもっとも遠い突当りは、ニオイアラセイトウの密生する崩れた石造りの護岸になっていて、そこをヒタヒタと打ち寄せる川が、くる月もくる月も土手の上のあらゆるものに「静かに！」と命じていた。彼は完全に規則的に二時になると正餐を取り、また午後には猟をするか散歩をしに外出した。夕方には夜用の釣糸を仕かけた。その後は読書だった。彼のところにはそれほど本はなかった――シェイクスピア、マンゴー・パークの旅行記、二シリング本が数冊と『パーシーの拾遺集』、それに礼儀作法の本[4]が一冊あった。彼は自分の過ごし方をけして変えなかった。職業はなかった。町中がそのことで噂した。「あの男は母親に頼って暮している」と言って、みんながひどく怒っていた。しかしながら誰もがこのことを彼に悟られないようにしたのは、その気にさせると彼は危険な人間になると一般には思われていたからである。ところがシャーマンには遺産を相続する伯父がいて、ときどき諫言する手紙を送ってきた。シャーマン夫人はそんな手紙に憤慨していたが、息子が成功を求めて出ていってしまうことを恐れていたからである――ことによってはアメリカにまでさえも。いまやこの問題がいささかシャーマンの悩みの種となっていた。ここ三年ばかりのあいだは、なんとか踏ん切りをつけてそれなりの結論をだそうとはしていた。読書中にときどき彼はぎくりとして唇を固く閉じて、一瞬眉をひそめることがあった。

　ここで庭、本、手紙が、なぜシャーマンの人生における三つの象徴であったかということになる。それはこの三つが、彼の戸外活動の愛好、彼の瞑想、彼の不安を表わしていると要約されることで了解されよう。彼の庭での生活がその額に平穏さを与え、数冊の本を読むことでその日を幻想で満たし、自分があまりよい町民ではないという感覚が、ときおりその唇にかすかな震えを生じさせていたのである。

彼はその手紙を開封した。それは長らく予想していた内容であった。伯父は彼を自分の会社で引き受けると言ってきていた。彼は自分のまえに手紙を広げたままにして――両の余白に左右の足を乗せて――それに目をやりながら、心のなかでその件について何度も考えをめぐらせた。行こうか？　留まろうか？　伯父の考えにさほど気乗りはしなかった。彼のなかの怠け者の性分が、ロンドンのことを考えてみても楽しみを見いだせなかったのである。しだいに彼の心はああでもないこうでもないということ――どうどうめぐり――に迷い込んでいった。行くとしたらどうするのか、行かないとしたらどうするのか？

かすかな陽光に誘われたカブト虫が、その穴から這い出していた。虫は紙だとわかって、陽がよくあたっている部分に向かってゆっくりと進んできた。シャーマンにはそのカブト虫は見えていたが、それに執着することはなかった。「メアリー・カートンに話してみようか？」と彼は考えていた。メアリーは長いあいだの彼の相談相手であり友人であった。実際彼女は誰の相談相手でもあった。そうだ、どうするか彼女に聞いてみよう。それからまた考えた――いや、自分で決断するんだ。カブト虫が動きだした。「もしカブト虫が紙の上のほうから離れるなら、彼女に聞いてみよう――もし下のほうからなら、よそう」

カブト虫は上のほうから離れた。彼は決心した様子で立ち上がり、道具小屋のなかに入っていって、種をよりわけて軽いものをつまみ出したが、ときどき手を休めて蜘蛛を見つめた。というのもメアリー・カートンに会うためには、午後まで待たなければならないことはわかっていたからである。道具小屋は彼のお気に入りの場所だった。彼はそこでしばしば読書したり、四隅にいる蜘蛛を見つめたりしていた。

正餐では彼は上の空だった。

「母さん」と彼は言った、「ここから僕らが出ていっても構わないかい？」

「お前にはときどき言ってきただろう」と彼女は答えて、「私にはある場所が別より好きだということはないんだって。好きなところといっても、みんな団栗の背競べだよ」

正餐の後で彼はまた道具小屋に入った。今回は種をよりわけなかった——蜘蛛を見つめるだけだった。

三

夕方近くになって彼は外出した。行く手には冬の淡い陽射しが揺らめいていた。風が藁をあたりに吹き散らかしていた。彼のふさぎ込んだ気分は募るばかりだった。知っている犬が野原でウサギを追いかけていた。その犬が一羽でも捕まえたという話は、ついぞ聞いたことなどなかったが、若い犬のときから一羽もお目にかかることはなかった。それもそのはずで、その犬はほとんど目が見えなかったのである。ウサギは犬にとって永遠の妄想の産物であった。その犬は野原から離れて、人なつっこく鼻を鳴らしてついてきた。

彼らは一緒に牧師館までやってきた。メアリー・カートンはいなかった。すると校舎から子供たちの練習する声が聞こえてきた。彼らはそちらへと向かった。

顔に腫れをこしらえた四、五歳の女の子が、学校の入口の向かいにある壁の下に座っていて、外に出て来るプロテスタントの子供にしかめ面をしようと待ち構えていた。犬の姿を見たその子は、石を投げつけようか、自分のところに呼び寄せようかと思案しているようだった。彼女は石を投げて犬を退散させた。後になってシャーマンには、こういったすべての物事がさも重大なことのように思いだされたのである。

彼はかけ金がかかった緑の戸を開けてなかに入った。二十人ほどの子供が、奥の壁ぎわで一列になって甲高い声で歌っているところだった。小型のリード・オルガンのところにメアリー・カートンがいるのが目に留まった。彼女は彼に会釈したが、そのまま演奏を続けた。水漆喰が塗られた壁には、光沢のある動物のプリントがたくさん張られていた。奥の壁には大きなヨーロッパ地図があった。近くの壁ぎわにある暖炉のそばのテーブルには、お茶の飲み残しがおかれていた。このお茶はメアリーの発案だった。子供たちは最初にお茶とお菓子を食べてから、その後から歌になるのである。床はお菓子の食べ滓で覆われていた。暖炉は赤々と燃えていた。シャーマンはそのそばに腰を下ろした。髪にこってりと油をつけた子供が、腰掛のもう一方のはしに座っていた。

「ねぇ」とその女の子は囁いた、「私はのけものにされたの。とにかくみんなは暖炉から離れているわ。オルガンの近くにいなきゃいけないのに。私、どうしても歌いたくないの。賛美歌は好き？私は嫌い。お茶を一杯いかが？　私お茶を入れるのが上手よ。ほら、一滴もこぼさなかったでしょう。ミルクはたくさん入れる？」。それはミルクがたっぷりの一杯——子供のお茶だった。「ほら、ネズミがお菓子のかけらを運んでいるわ。シーッ！」

彼らがそこに座って、子供はネズミを眺め、シャーマンは手紙のことをあれこれ考えていると、音楽が鳴り止んで、子供たちが部屋の奥から足を踏み鳴らしてやってきた。ネズミが逃げてしまったので、シャーマンの接待役をかってくれた女の子は、溜息をついて立ち上がり、ほかの子供たちと出ていった。

メアリー・カートンはオルガンを閉め、シャーマンのほうへやってきた。彼女の顔立ちとあらゆる動作が、穏やかに判断する性格であることを示していた。眼差は澄んでいて、顔立ちは整っており、ふくよかであると同時に美しい体形をしていた。また服装は質素ではあっても、いくぶんか人目を引くような風情があった。別の社会であれば、彼女には求婚者がたくさんいただろう。しかし田舎町にあってはまったく結婚するようなタイプではなかった。その美しさにおいても、顔の赤みと白さがあまりにも足りなかったし、その性格においても、教育のない人が品性として賞賛する、あのちょっとした自己主張の強さにも欠けていたからである。ほかのところであれば、彼女は自分自身の美しさに気づいていただろうし——美しい人間なら誰もが気づくのが当然であるように——その美しさを披露するすべを会得し、その冷静さに身振りを加え、またそのまじめな快活さにそれ以上の陽気な笑みを加えていただろう。ところが実際は、彼女の物腰は彼女自身よりもずっと老成していたのである。

彼女は古くからの友人といった様子でシャーマンのそばに腰をかけた。どんなことでも一緒に相談するということが、彼らの長いあいだの習慣となっていた。彼らはそんな親友同士であったので、互いに恋に落ちるということもけしてなかった。完全な愛と完全な友情はまことに両立しないものなのである。というのも前者は戦場であり、そこでは映し出される影が戦闘者のそばで激しく争っているのであるが、それにたいして後者は平穏な国土といったところで、そこには「相談」が居住しているからである。

この二人はそんな親友同士であったので、はなはだゴシップ好きの町民でも、溜息交じりで彼らのことは諦めるのであった。かつてはさぞ美人であった熱心な恋愛物語の読者である医者の妻は、ある日彼らが通り過ぎるときにこう言った。「あの人たちはどうせ冷めた人間なんだわ」。またベルリンウール(5)の店をやっているオールドミスは、「あの二人は結婚する人たちではないわね」という感想を述べた。それでいまや彼らの往来はほとんど注目されることがなかった。彼らの静かな交際に割って入ったり、いらぬ誤解の住処《すみか》ともなりかねない曖昧さを与えたりするようなことは、これまでに一切なかったのである。もしも一方が弱ければ他方が強く、一方が十人並みならば他方が美しく、一方が案内人ならば他方が案内される人となり、一方が賢く他方が愚かであるならば、愛というものが一瞬でもそんな誤解を見つけだしたのかもしれない。というのも愛というものは、友情が平等にもとづいているように、不平等にもとづいているからである。

「ジョン」とメアリー・カートンは暖炉で手を温めながら言った、「たいへんな日だったわ。あなたが来たのは、私が子供たちに歌うのを教えるのを手伝うためなんでしょう？　ご親切さま、でも少し遅すぎたわね」

「いいや」と彼は答えた、「君の生徒になりに来たんだよ。いつだって僕は君の生徒だろう」

「そうね、しかもちっとも言うことの聞かない生徒よね」

「でも、とにかく今回は君の意見が聞きたいんだ。伯父が手紙を寄こしてね、手はじめに年に百ポンドだすから、ロンドンの伯父の会社にどうかと言ってきているんだよ。僕は行くべきなのかな？」

「私の答えはよくわかっているくせに」と彼女は答えた。

「じつはわからないんだよ。なんで行かなきゃならないのかなぁ？　ここで満足しているのに。いまは春に向かって庭の準備をしているところでね。もう少したつと、鱒釣りをしたり、コウモリがあちこち羽ばたく夕方に川沿いを散策したりする。七月になると競馬が目白押しだ。あの活気が楽しいんだよ。ここの生活が楽しいのさ。なにかで困ったときは、それには近寄らないようにする、それでおしまいさ。僕はいつも忙しいだろう。やることがあって友だちもいるので、とても満足しているんだけど」

「私たちみんなにはたいへんな痛手だけど、ジョン、あなたは行くべきだわ」と彼女は言った。「というのもいつの日かはあなたも年取るでしょう、そしてたぶん青春の活力というものがなくなったときに、自分の人生が虚しいものだって感じるのよ、しかも人生を変えるのには年を取り過ぎていることに気づくんだわ。するとあなたは、おそらく幸せで好ましくありたいということを諦めて、ほかの人と同じになってしまうのよ」。「私、思うんだけれど」と彼女は笑いながら言った、「あなたって心気症じゃない。引退した消費税官吏のゴーマンや、赤い鼻をしたスティーブン医師みたいに。それともあの年寄りの家畜商、自分の馬に飼葉をやらないピータースみたいになっていくんじゃない」

「はなから悪い人たちの例だよね」と彼は答えた。「おまけに、僕はあんな年の母親を連れては行けないし、かといって一人きりにしておくこともできないしね」

「それがどんなに困ったことであっても」と彼女は答えた、「そのうちに忘れるものなのよ。お母さんにはもっとたくさんの楽しみを味あわせてあげられるわ。私たち女というものは――みんな着飾ったり、心地よい部屋に座ったりすることが好きなんだから。だけどあなたぐらいの年齢の若い男は怠惰じゃいけないわ。こんなちっぽけな遅れたところからは出ていかなきゃ。あなたがいなくなるとみんな淋しくなるけれど、あなたは頭がいいんだから、ためしにほかの人たちと働いてみて、自分の才能を認めさせるのよ」

「君は僕にずいぶんやる気を起させるね！　おそらく僕もいつかは裕福になれるさ。それまではここの友だちといたいだけなんだ」

彼女は窓のほうにいって、彼から顔をそらして外を見た。夕日が彼女の背後から床に長い影を落としていた。しばらくして彼女はこう言った。「丘の斜面で耕している人たちがいるわ。右手の家のところで働いている人たちがいる。どこにでも忙しい人たちがいるわ」。それからかすかに声を震わせて言葉を継いだ、「だから、ジョン、人が好きなことをやれるところなどないのよ。たくさんのことについて考えなければ――義務や神様のことをね」

「メアリー、君がそんなに信心深いとは思わなかったよ」

彼女は笑みを浮かべながら彼のほうへやってきて、次のように言った。「たぶん私もね。でもときどき利己心がとても強くなることがあるわ。よく考えてそれを説き伏せなきゃ。それで私、自分の回りのいろんなことにとにかく没頭しようしているの。いまはあの子供たちよ——あの子供たちのことを考えて眠れないことがよくあるわ。ことにあなたに話をしていたあの子のことがよく気がかりになるの。あの子になにが起こるのかはわからない。あの子のことで不安になるのよ。あの子がちっともいい子でないので心配なの。家できちんと躾けられていないことが心配なのよ。あの子には精いっぱい忍耐して優しくしようとしているんだけど。今日は私、ちょっぴり自分に不満なの。だからあなたにお説教したんだわ。あら、自分のことを白状してしまった。でもね、」その両の手でシャーマンの片手を取って顔を赤らめながら、彼女はこうつけ加えた、「あなたは行かなきゃ。遊んでいてはいけないのよ。あなたにはあらゆるものが手に入るんだから」

夕方の光を浴びて彼女が目を輝かせてそこに立っていたときに、シャーマンはおそらく初めて、彼女がなんと美しい女性なのかと気がついたが、さらに自分のことに関心をもってくれたことで思わず嬉しくなった。また彼女の存在によって初めて、彼は世のなかに安心してはいられなくなった。

「言うことを聞く生徒になる?」

「君は僕よりはるかによく知っているよね」と彼は答えた、「それにはるかに利口だ。僕は伯父に手紙を書いて、その申し出に応じるよ」

「では、あなたは家に戻らなきゃ」と彼女は言った。「お母さんにお茶を待たせてはいけないわ。ほら！　暖炉の火を掻きだしたわよ。出るときに戸締りを忘れないようにしましょうね」

彼らが入口の上がり段に立ったときに、風が吹いてきてその周りに落ち葉の渦を作った。

「あの落ち葉は僕の古い考えといったところだな」と彼は言った。「ほら、みんな枯れている」

彼らは無言で一緒に歩いた。牧師館のところで彼は彼女と別れて、家のほうへと向かった。二股の道路の角にある見捨てられた粉屋、十年前にすっかり焼け落ちていまだに真っ黒な梁の架かっている家、庭の壁を越えてあちこちと伸びている葉のない果樹、彼が洗礼を受けた教会――そんな幼児期における育ての母のようなものが、彼に向かってうなずいて頭を振っているように思われた。

「お母さん」急いで部屋に入りながら、彼は言った。「これから僕たちロンドンに行くからね」

「好きなようにおし。お前が風来坊になるっていつも思っていたよ」と彼女は答えた。そして部屋から出ていって、女中にその週の洗濯物を終えたらただちに、一家でロンドンへと向かうので、荷造り万端を整えるようにと伝えた。

「ええ、みんなで荷造りをしなければね」とその年老いた田舎出の女は言った。彼女は手にした玉ねぎの皮を剥くのを止めなかった。彼女は理解していなかったのである。

その真夜中に彼女は真っ青な顔をして寝床から思わず起き上がり、頭上に架かっている聖母像(6)に祈りを捧げた——いまようやく理解したのである。

四

一月五日の午後二時ごろ、シャーマンは汽船ラヴィニア号(7)のデッキに座りながら、二度のにわか雨のあいだに射し込むつかのまの陽光を楽しんでいた。ラヴィニア号は家畜運搬用の気船であった。もう少し値の張る船旅が彼の希望ではあったが、古風な義務感をもつ母親は、それに耳を貸そうとはしなかった。そこで予想していたようにいまや下の船室ははなはだ居心地が悪かったが、船に強いシャーマンは、デッキの上でまずは上機嫌であった。もし豚がたえまなく上げるその悲鳴に嫌になってくれさえすれば、彼はすこぶる上機嫌だったろう。ガチョウを入れた箱のそばに座っていたひどく汚い老女は別として、彼のほかのすべての乗客は下の船室にいた。この老女はガチョウを携えて、リバプールの市場へ月に一度の船旅をしていた。

シャーマンは夢を見ていた。とても心細くなりかけたので、このことを伝えるために、自分の手帳にメアリー・カートンへの手紙を書きはじめた。彼は手間のかかる筆に馴れない人間だったので、鉛筆書きが都合のよいことに気づいた。ときどき手を休めて、ツノメドリが波間で眠っているのを眺めた。どの鳥もそれぞれがちがったやり方でその頭を羽根に包み込んでいた。「鳥の性格も色々あるせいかな」と彼は思った。

そのうちに彼は、大量のコルクが次から次へとそばを流れていることに気づいた。その老女もそれを見ていたが、半分眠りから覚めてこう言った。「ジョン・シャーマンの旦那、この船は夕方までにはマージー河(8)に入りますよ。なんだってお前様はおっかない人のいるロンドンなんぞに出かけるんです、ジョンの旦那？　なんだってお前様は自分の人たちのところにいないんです――この人生にはわずか一口の空気のほかにはなんのためにあるんです？」

原注

（1）スライゴーに実在したホテルであるが、もはや営業はしていない。
（2）ハワードは牧師の臨時代理職にある。
（3）イタリアの作曲家アリーゴ・ボーイトのオペラ『メフィストーフェレ』（一八六八年）のプロローグ。
（4）ウィリアム・シェイクスピア（一五六四～一六一六）英国の劇作家、『アフリカ内陸旅行記』（*Travels in the Interior of Africa*, 1799）は英国の作家マンゴー・パーク（一七七一～一八〇六）の作、『イギリス古詩拾遺』（*Reliques of Ancient English Poetry*, 1765）は英国の著述家トマス・パーシー（一七二九～一八一一）の編集になるもの。

（5）細い色染めの羊毛のこと。
（6）聖母マリアのこと、キリスト教でのキリストの母。
（7）イェイツの祖父であるウィリアム・ポルクスフェン（一八一一～九二）が所有するスライゴー汽船海運会社は、三艘の汽船グラスゴー号、リバプール号、スライゴー号を用いて、スライゴー・リバプール間を週運航していた。イェイツはラヴィニア号という船名を、一八九〇年にダブリンで船名登録された汽船の名前から取ったのかもしれない。あるいはまた、たとえば一八八九年七月十三日にリバプールを出航して、ときおりそこに途中寄港していた少なくとも一艘がその船名の船であったが、その船を含めてこの名前のつけられたおおくの帆船があった。
（8）リバプールにある川。

第二部　マーガレット・リーランド

一

シャーマンと母親は、ハマースミス地区[1]の聖ピーター街の北側にある小さな家を借りた。正面の窓からは草が伸び放題の古びた緑地公園が、裏窓からは小さな庭が望めたが、その周囲には家屋が密集していて、すぐにでもその庭を踏み潰したがっているかのようであった。この庭にはけして実のつけることがない一本の高い梨の木があった。

格別な事件もなく三年が過ぎた。シャーマンは毎日タワーヒル通りにある会社に出勤していたが、仕事でかなりの失態を犯しても、おそらく不満ではなかった。おおむね彼はだめな事務員だったのであるが、それでも会社のトップの甥にそれほど辛くあたる者はいなかった。

船舶仲買業を営むシャーマン・ソーンダース商会の社屋には、歴史を感じさせる古風なおもむきがあった。ソーンダースは数年前に亡くなっていたので、老マイケル・シャーマン——家名と健康への誇りにあふれた高齢の独身男——が一人で取り仕切っていた。とはいってもその暮らしぶりはとても慎ましいものだった。使っているマホガニーの家具も、他人のものよりもおそらく少しばかり丈夫なだけであった。彼には見栄というものがわからなかった。見栄というものは、趣味がよいとか悪いということに口実を見つけるものだが、マイケル・シャーマンはその長い勤勉な人生にあって、趣味の一つすら見いだす暇《いとま》もなかったからである。彼はたんに習慣に従って暮らしているようだった。年を追うごとにますます無口になり、しだいに自分の親族と船のことのほかはなにも注意を払わなくなった。その親族とはもっぱら自分の甥とその母のことであったが、彼らたいしてはさほどの愛情を抱いているわけでもなかった。彼は親族のことを信じていたのであり――それがすべてであった。自分の考えのもう一つの目標を忘れないように、彼は専用の事務室の壁に、「喜望峰の汽船インダス号」、「モザンビーク海峡の帆船メアリー号」、「サイダ港の帆船リヴィングストン号」(2)といった銘の入った絵をたくさん架けていた。どの（船の）縄索も定規で正確に描かれており、遠方を誇らしげに航行する船があちこちに描き加えられていたが、船乗りを描く絵に独特の遠近法はまったく無視されていた。どの船にも認可状を表わす商会の旗がはためいていた。

誰もが老マイケル・シャーマンのことを煙たがっていた。みんなはジョンのほうを好んだ。二人とも無口であったが、若者のほうはときに急におしゃべりになることがあった。老人のほうはその会計台帳のために生きていたのであり、若者のほうは自分の夢のために生きていたのである。

このような相違がいくつもあったにもにもかかわらず、おおむね伯父は甥に満足していた。家系に伝わるあの鈍感さに気づいていたからである。それはときおりほかの人を苛立たせるものであったが、それがかえって伯父を喜ばせたのである。さらに伯父は何度となくそのような兆候を感じて、こんなことを口にしていた。「あいつは本物のシャーマン家の人間だ。我がシャーマン家のものは、はじめはあんなようでも、年を取るにつれて軽薄さとは縁を切るんだ。結局のところ我らはみな同類だ」

シャーマン夫人とその息子には少数の決まった知人しかいなかった——数人の金持で、たいていはシャーマン・ソーンダース商会の顧客だった。そのなかにマーガレット・リーランドという名の娘がいて、聖ピーター街の東側に母親と暮らしていたが、母親は船舶仲買業をやっていた故ヘンリー・リーランドの未亡人だった。彼女らの家はシャーマンのところよりも大きかったが、その家が近隣の家より目立っていたのは、玄関戸が新しくペンキで塗られていたからであった。家のどの壁にもブロンズの像や陶磁器の花瓶がおかれ、また重厚なカーテンが懸っていた。すべてにマーガレット・リーランドの物好きで気まぐれな趣味がここぞと示されていた。ラファエル前派(3)様式の高価なイタリアの中世風な飾り布が、いかにも当地英国風のひどく派手で田舎くさい物産品と肘つきあわせていた。また、形と色彩とできわめて芸術的な花瓶が、造花や剥製の鳥と並んでいた。この家はリーランド家の持家であった。彼らはそれほど裕福でない時代にそれを購入しており、自分たちの趣味に応じて改装していたが、さらによい暮らしがしたいという必要から、そこを離れるという決心がつかなかった。

シャーマンはときどきリーランド家を訪れていた。彼はたしかにマーガレットにあるていどの好意は抱いてはいたが、それほど深いものではなかった。これまでのところで彼女についてわずかながらに知っていたのは、被っている帽子がとても魅力的であること、お気に入りの作家が故リットン卿[4]であること、さらにカエルが大嫌いであるといったことぐらいだった。彼女が明らかに知らなかったのは、魔術に詳しいフランス人作家によると、贅沢で浪費する人がカエルを嫌いなのは、その人たちが冷たくて、孤独で、陰鬱だからだということであった[5]。もしそのことを知っていたら、彼女は自分の趣味を打ち明けるのにもっと慎重になっていただろう。

　そのほかのことでは、シャーマンはバラの町のことを忘れかけていた。たしかにメアリー・カートンとは文通していたが、書くのに手間がかかったので、彼の手紙はますます少なくなっていった。ときおりハワードからも便りがあり、彼はグラスゴーで牧師補の職についていたが、そこの教区民とは疎遠な関係になっていた。教区民は彼の礼拝のやり方に異議を唱えたのである。手紙にはそのことであふれていた。彼が言うには、自分はなにが起ころうとも屈服しないのだと。良心が絡んでいたからである。

二

ある午後にリーランド夫人がシャーマン夫人のもとを訪れた。香水をプンプンと辺りに振りまきながら行動する、この涙もろく太った女性——リーランド夫人はちょくちょく訪問していたのである。その日は暖かだった。リーランド夫人がとても凝った重いドレスを着ているさまは、苦労と忍耐を重ねて筒巣を引きずる大きなトビケラ（の幼虫）さながらだった。彼女は見るからにほっとした様子でソファーに腰を下ろした。そのときに彼女はクッションのあいだにひどく重々しく寄りかかったので、一匹の衣蛾がソファーの背覆いからパタパタと這いでてきたが、その蛾は動きが俊敏なシャーマン夫人によって、すぐに叩き潰されてしまった。

リーランド夫人は呼吸が整うとただちに、我が身の悲しい顛末を長々と語りだした。娘のマーガレットが振られて自暴自棄になって、どうあっても死ぬ覚悟で床についており、その顔色もしだいに青ざめてきているというのである。非情にも相手の男は態度を和らげなかったが、夫人はその男が自分の娘の消息について耳にしていたのは知っていた。男が耳にしていたのを夫人が知っていたというのは、娘がその男の妹に洗いざらい話していたからである。ところが男の妹は薄情だった。というのはマーガレットが患っているのは気性のせいで、さらに意地悪な小女であり、もし彼女が誰とでもなれなれしくしなければ、婚約はけして解消されるようなことはなかったのだと、その妹は言ったからである。だがその男のシムズ氏は明らかに薄情だった、というのは夫人の娘の友だちであったマリオット嬢やイライザ・テーラー夫人も、このことについて聞き及んだときにそうだと言っており、また執事のロックも同様のことを言っていて、さらに女中のメアリー・ヤングもそのとおりと言っていたからである――女中のメアリーがそれについてすっかり知っていたのは、マーガレットが髪にブラシをかけさせているときに、しばしば彼女に男からの手紙を読み聞かせていたからである。

「おたくの娘さんは、その人のことをとても好きだったに違いないわ」とシャーマン夫人は言った。

「それはロマンチックな子でしてね」とリーランド夫人は溜息をつきながら答えた。「あの子が父方の伯父に似てないかと心配ですの。その伯父というのは詩を書いたり、ベルベットのジャケットを着込んだりしていた人間で、イタリアの伯爵夫人と駆け落ちしたんですよ、しょっちゅう酔っ払っていた女とね。私がリーランドと結婚したときに、みなさんがおっしゃったわ、彼は私にはふさわしくはないとか、私は自分の一生をむだにしようとしているとか――それからなんと彼の仕事のことまでもね！　でもマーガレットはとてもロマンチックな子なのよ。紳士で農場主のウォルターズさん、それに宝石店をやっているシンプソン――私はぜったいに彼のことは認めなかったわ！――それとサミュエルソンさん、それにウィリアム・スコット閣下がいましたわ。ウィリアム・

スコット閣下は別でしたが、うちの娘はみなさんに熱がさめたんですよ。でも閣下のほうがうちの娘に熱がさめたのは、うちの子が目にベラドンナ(6)を注していると、誰かが閣下に告げ口したからなのよ——でもそれはほんとうではありませんけど。それでいまはシムズさんということなんです！」。そのとき彼女は少しすすり泣いたので、シャーマン夫人に慰められることになった。

「あなたはほんとうに知的にお話になるし、それによくものをご存知だわ」と彼女は別れぎわに言った。「伺ってとても楽しかったわ」と別のお茶会に間にあうように、そのトビケラは骨を折ってその道を進んでいった。

三

リーランド夫人がジョンの母親を訪問した翌日、それほど長くもないその日の勤務を終えて帰宅するときに、シャーマンはマーガレットが自分のほうへとやってくるのに気づいた。彼女はテニスのラケットを小脇に抱え、道の日陰になったところをゆっくりと歩いていた。彼女は目鼻立ちが不揃いではあるが、かわいらしいといった娘であり、実際にはかわいらしい以上ではなかったにもかかわらず、際立った態度と雰囲気のためにもっぱら美人だとの評判があった。いわくバラの香りがするシロツメクサだと。

「シャーマンさん」と彼女は叫んで、笑みを浮かべながら彼のところにやってきた。「私、このところずっと具合が悪かったのよ、これ以上家には耐えられないわ。これから「広場」でテニスをするんだけど、ご一緒しません？」

「僕はテニスが下手だよ」

「たしかにそうだったわね」と彼女は答えた。「でもね、あなたが今日の午後に私がようやく見つけた唯一の人なのよ。人生ってほんと面白くないわ！」と彼女は溜息をつきながら続けた。「私の具合がどんなに悪かったのか聞いていた？　あなたは一日中どうしているの？」

「机に座っていてね、ときどき書類を書いたり、怠け心が起きるとときどきハエを見上げたりしているよ。頭の上の天井の漆喰にハエが十四匹いるんだ。二年前に死んだやつがね。ときに払い落とさせようと思ったりするんだけれど、そんなに長くそこにいるもんだから、いまはとてもそうする気にはなれないんだ」

「あぁ！　あなたはそのハエが好きなのよ」と彼女は言った、「慣れっこになっているからよ。家族の愛情についても、たいがいの場合で同じことが言えるわ」

「すぐ近くの部屋に」と彼は続けた。「伯父のマイケルがいるんだよ、ほとんど口を利かないいんだ」

「ほんとうね。あなたにはほとんど口の利かない伯父さんがいて、私にはほとんど黙ることのない母がいるわ。先日うちの母がシャーマン夫人に会いに行ったのよ。うちの母はあなたのお母さんになにをしゃべったのかしら？」

「なんにも」

「ほんとうなの！　生きるってほんとに面白くないものよね！」──こう言って彼女は深い溜息をついた。「運命の女神が私たちの人生の布を織っているときに、あるいたずら好きのゴブリン［小妖精］がいつも染料壷をもって逃げだすのよ。(7) なにもかも面白くなくって味気ないわ。私少し青白く見えない？　とても具合が悪かったのよ」

「ほんの少し青白いかな」と疑わしそうに彼は言った。

「広場」の門で彼らは足止めされた。門には鍵がかかっていたが、彼女はそこの鍵をもっていた。鍵は固かったが、ジョン・シャーマンには回すのは簡単だった。

「なんて力があるの」と彼女は言った。

春の虹色の夕暮れだった。潅木の葉はまだ淡い緑色であった。マーガレットがテニスですばやく動き回るたびに、帽子についている赤い羽根毛は、その被り手とともに喜んでいるように見えた。あらゆるものが陽気であると同時に穏やかだった。世界中が美しい瞬間に装うあの空想的な雰囲気に包まれていたが、まるでそれは虹色のシャボン玉みたいに、ほんの少し触れただけで消えてしまうかのようであった。

しばらくしてマーガレットは疲れたと言って、滝木のあいだにおかれた庭椅子に腰を下ろした。そして自分が最近読んだ小説の筋のことを語りはじめた。突然彼女は叫んだ、「小説家というのはみなあなたのようなまじめな人なんだわ。彼らは私のような人間にとてもきびしいんだから。私たちにはたえず悪い結末を用意するのよ。彼らは言っているわ、私たちはたえず演じて、演じて、演じてばかりいるんだと。だからあなたのようなまじめな人はほかにどうしているのかしら？あなたがたは世間のまえで演じているのよ。でもね、私たちは自分自身のまえで演じているんだと思うわ。歴史上の愚かな老王や王妃はみんな私たちみたいだったのよ。彼らは笑ったり、手招きで合図したり、それからつまらない理由で首を刎ねられたりしたんだわ。たぶん首切り役人とはあなたみたいな人だったのよ」。

「僕らはそんなかわいい首はけして切ったりはしないよ」

「あら、違うわよ、するわよ。あなたたちは明日にも私の首を切るんだわ」こんなことを彼女は激しく言いながら、彼の心をその輝く眼で突き刺したのである。「あなたたちは明日にも私の首を切るわよ」と彼女はほとんど激しい口調で繰り返した、「言っているでしょう、あなたたちはそうするって」

彼女が立ち去るのをいつも予測できなかったのは、その気分が急激に変化したからである。「見て！」聖ピーター教会の時計が、滝木の上に姿を見せているところを指差しながら、彼女は言った。「五時五分前よ。あと五分すると母のお茶の時間だわ。なんだか年取っていくみたい。世間話しに行くわ。さようなら」

　赤い羽根毛が潅木のあいだで一瞬輝いて、それから消えていった。

四

　翌日と翌々日にシャーマンはあの輝く眼につきまとわれた。自分の机で手紙を開封したときも、開いた便箋からその眼でじっと見つめられ、天井のハエからも見張られているような気がした。彼はふだんよりもさらにだめな事務員になっていた。

　ある夕方に彼は母親に言った。「リーランドの娘さんはきれいな眼をしているね」

「おやまあ、あの娘は目にベラドンナを注してしているんだよ」

「なんてことを言うんだい！」

「あの子の母親はそれを否定するけれど、そうしているんだよ」

「でも、彼女はたしかにきれいだけど」と彼は答えた。

「おやまあ、もしお前があの子に魅力を感じるというなら、私はそれに水をさしたりはしないよ。いまどきの娘にしては金持ちだからね。それにある欠点をもつ女がいれば、ほかの欠点の女もいる。だらしない女がいれば、召使いと喧嘩する女もいるし、友だちと喧嘩する女がいれば、友だちのことを話すときに悪口を言う女もいるものさ」

シャーマンはまたしても黙り込んだが、そんな会話にロマンスのかけらも見いだせなかったからである。

次の一、二週のあいだに、彼はたびたびリーランド嬢に会った。会社から帰宅する途中にほとんど毎夕のように、ラケットを小脇に抱えてゆっくりと歩いている彼女に出会ったのである。彼らはおおいにテニスに興じ、たくさん話をした。シャーマンは夢のなかでもテニスをやりはじめた。リーランド嬢は、彼女自身のこと、その友だちのこと、自分の心の奥の感情について洗いざらい語ったにもかかわらず、日ごとにシャーマンは彼女のことがますますわからなくなった。それはたんに彼女があらゆることを言いながらも、なにも言っていなかったということだけではなかった。それは彼女の奔放な言葉から、男よりも女のほうにはるかに身近に宿るあの無意識の本性ともいえる、不思議なフルートやバイオルの音がたえず聞こえてきたからである。私たちは美しくて率直な人にたいして、当人のものではない深さや不思議さをひんぱんに与えたりしないだろうか？　私たちにわかってないのは、あのフルートやバイオルの奏でるうっとりとさせる世の秘めごとを、そういった人の声のなかに聞いているだけだということなのである。

シャーマンは若いころに初恋と呼ばれるものをまったく経験していなかった。それが三十歳を越したいまになって訪れたのである──感覚あるいは感情によるよりも想像力によるあの愛が。彼につきまとったのはおもにあの眼だった。

この愛が真剣になっていくにつれて、それが金銭がらみになっていったことも否定できなかった。長いあいだシャーマンの心を占めていた、金と結婚するという周知の考えが、ときに浮かんだりときに消えたりした。生来の無為徒食の輩であるがゆえに、富というものに激しく魅了されたのである。天井にいるあの十四匹のハエの眼に悩まされたときに、彼はよくこう言った。「きっと金持ちになれるし、田舎に家がもてるだろう。狩猟と射撃もやれるし、庭と三人の庭師だってもてるだろう。こんな忌まわしい会社なんか辞められるだろう」。するとその眼はなおいっそう美しくなるのであった。それは新種のベラドンナだったのである。

しかしながら彼には、このような楽しい進路でさえ選ぶのにいささかのためらいがあった。自分のためにおおくの将来の計画を立てていたが、彼にはそのどれもが大切に思えるようになっていたのである。バラの町にあんなにも長くぐずぐずしていたのはこのことがあったからであり、いまになって決心がつかないのはこのためでもあった。庭と三人の庭師のために、彼はその世界を諦めねばならないのだ。最良の夢すら実現してもなんと悲しいことになるのだろう。私たちが人生でたどるあらゆる足取りを、想像力のなかで死となるように強いる、あの命令に屈するとはなんと辛いことなのか。自分の心のほの暗い片隅でいつも発せられる嘆きに耳を貸さないで、この一つの新しい希望にふけることがなんと困難なことなのだろうか。

ある日彼はプロポーズしようと決心した。朝のうちに鏡に写る自分自身を調べてみて、そして人生で初めて、自分がなんとハンサムであるかということがわかって微笑んだ。夕方なって退社するまえに、顧客が案内される部屋の炉棚の上にある鏡で、そこに写った自分の姿をじっと見た。太陽が窓をとおしてまともに顔に照りつけていた。それほどよいとは思えなかった。すぐさま彼は意気消沈してしまった。

その晩母親が床についた後に彼は外出した。そしてテムズ川(8)の引船道に沿って遠くまで歩いた。かすかに立ち込めていた霧が、対岸の家並みや工場の煙突を半ば蔽っていた。そばに一群のコリヤナギが静かに揺れていて、人気のない上潮の川がその茎を洗っていた。こういったすべてのことを彼はよそ者の目で眺めていた。自分のものであるという感覚はなかった。それどころかロンドンのあらゆるものが、誰かのものというのには、あまりにもおおくの人間のものであるように思われた。自分のものであると思われる別の川が、あの懐かしいすべての光景とともに記憶のなかに流れた——腰帯に達するまで流れに馬を乗り入れる少年たち、飛び跳ねる魚、細波を立てる水辺の昆虫、眠っている白鳥、水辺の赤レンガの上に生えているニオイアラセイトウ。彼はとても悲しくなった。突然あてどない赤い流れ星が暗闇に跳《おど》った。流れ星で一瞬マーガレット・リーランドのことが再び彼の心に浮かんだ。彼女と結婚することになると、彼は考えた、自分があんなにも愛したあの懐かしい生活と訣別することになるのだ。

パトニー(9)で彼は川を越えて、市場用の青果栽培園のあいだを抜けて家路へと急いだ。家に近づくと、通りには人影がなくどの店も閉まっていた。キングストリートがブロードウェイと合流するところで、ただ一匹だけいた小さな黒猫が、道のど真んなかで自分の影を追って飛び跳ねていた。「あぁ」と彼は考えた、「小さな黒猫になるのも悪くないな。月光のなかで跳び回ったり、日向ぼっこしたり、それに羽虫を捕まえたりして、きつい仕事をこなすことも、次々とやってくる辛い決断もないし、無邪気で動物らしく元気いっぱいでいられるんだから」

ブリッジロードの角にコーヒースタンドがあって、そこだけが人の気配があった。彼は冷肉をいくらか買って、それをその小さな黒猫に投げ与えた。

五

さらに数日が過ぎた。ついにある日、彼はいつもよりいくらか早く「広場」に到着したので、潅木のあいだの椅子に腰をかけてマーガレットを待っていると、破られた手紙の切れはしがあたりに散らばっていることに気づいた。座っている椅子の脇には鉛筆が一本おかれていたが、まるで誰かがそこで手紙を書いて、切れはしとともにそれを残していったかのようであった。その鉛筆の芯はすっかりちびていた。その手紙はおそらく腹立ち紛れに破られたものであった。

半ば機械的な態度で彼はその小片にさっと目をやった。その一枚はこう読めた。「親愛なるイライザへ――私の母はなんと救いがたいおしゃべりなのでしょう。あなたは私の不幸をお聞きになっているでしょう。私は死んだも同然です――」ここで彼は小片のなかを探さなければならなかったが、ついに続きと思われるものを見つけた。「たぶんあなたはまもなく私からの報せを聞くことになると思います。私に関心を抱いてくれるハンサムな青年がいるのです。それで――」ここでも次の切れはしを見つけなければならなかった。「その人はまるで月世界の人間のような顔をしていて、劇に出てくる悪魔のようにノロノロと歩くのですが、私はその人のことを受け入れるでしょう。たぶん少しは気に入っているかもしれません。あぁ！　心からのお友だち――」そこでそれはまた途切れていた。彼は好奇心をそそられて、断片を求めて草地や灌木を探し回った。かなり遠くまで飛ばされているものもあった。彼はここでいくつかの文章をなんとか繋ぎあわせた。「どうあってももう一冬たりとも母とは暮らしたくはありません。このことすべてはもちろん秘密ですけど。誰かに打ち明けなければなりませんでした。秘密があると私の体にはよくないからです。おそらくすべてが水泡に帰すかもしれません」。それから手紙は、ドレスのことや、その手紙の書き手が最近読んだ小説などに移っていた。手紙の書き手になにか意地悪なことを言った、シムズ嬢なる人物の名もあげられていた。

シャーマンにはとてもおもしろかった。手紙を読んでも悪いようには思えなかった——文学の登場人物にたいしてするのと同じように、大衆の一人をこっそり見張っても、私たちは気にしないものだ。このような鉛筆の走り書きに、彼自身や自分の友だちの誰かが話題にされているなどとは、シャーマンには思いも寄らなかった。

突然こんな文章が彼の眼に入ってきた。「あーあ、あなたの可哀想なマーガレットがまた恋に落ちています。ねぇ、彼女にお悔やみを言ってあげて」

彼ははっとした。「マーガレット」という名前、シムズ嬢への言及、全文の書き方、すべてがその書き手の正体を明らかにしていた。とてつもなく恥ずかしくなって、彼は立ち上がり、紙の切れはしをさらに細かな断片に切り裂いて、それをもっと遠くへとばら撒いた。

その夕刻に彼はプロポーズした、そして受け入れられた。

六

数日間は新しい天空と新しい大地があった。リーランド嬢は突然に人生の深刻さを痛感しているようであった。彼女は穏やかそのものだった。そしていつもの日曜の朝にシャーマンが、すすけた樹皮の木の根元にあるちっぽけな庭に腰を下ろして、小さな輪となった日光が、新鋳のソヴリン金貨のにわか雨のように葉越しに降り注ぐのを見つめていると、これまでに経験した以上の長い激しい喜びを感じて、その光の輪を凝視した――たしかに新しい天空と新しい大地だ！

シャーマンはとても熱心にこのちっぽけな庭に植物を植え、掘り起こし、熊手できれいにし、またスカンポやタンポポ、ミミナグサやときならぬ雑草の塊を引き抜いたりした。そこは彼の新しい生活と古いそれとの接点だったが、そこは庭師としての経験と促成野菜への愛好を満足させるには、あまりにも小さくて地味が悪く、また日陰になっていた。いやおうなしにこの農作業は、彼の愛情を苗木や苗床に集中するためには、いささか物足りなかった。バラの町での庭は、若い家族が成長するように彼の心をいつも揺り動かすものであった。いまは自分の奔放な色彩感覚を納得させることで満足していた。タチアオイと向日葵が右回りに交互に植えられ、その背後には紅花インゲンが、先のわかれた一インチほどの新芽を見せていた。

ある日曜日に彼の頭にふと思い浮かんだのは、この婚約の件を友人に手紙で伝えるということだった。そこで友人の数を数えてみた。ハワード、そんなに親しくないのが一人か二人、それにメアリー・カートン。その名前のところで彼は少し考えた。まだすぐにはとても手紙を書けそうにもなかった。

七

ある土曜日にテニスのパーティーがあった。リーランド嬢は終日ある若い外務省の事務官にご執心だった。彼女はその男とテニスをしたり、話をしたり、またレモネードを飲んだりしていたが、ほかの誰かのことを気にしたり、また言葉を交わすこともなかった。ジョン・シャーマンはとても満足していた。テニスにはいつもうんざりしていたし、このとき試合をしようという誘いがなかったからである。彼にはこれまで嫉妬する機会に出くわすことがなかった。

客が散会しているときに、婚約者が彼のところにやってきた。彼女の態度はよそよそしく見えた。

「どうかしたのかい？　マーガレット」、二人が「広場」を後にするときに、シャーマンが尋ねた。

「なにもかもよ」と、あたりを見ながらいかにも内密だと言わんばかりに、彼女は答えた。「あなたはほんとうにやっかいな人ね。あなたには感情というものがないのよ。敏感さっていうものがないのよ。私がこれまで婚約したなかで最高につまらない人だわ」

「どうしたというんだい？」と彼は当惑しながら尋ねた。

「わからないの？」声を詰まらせて彼女はこう返事をした。「私、一日中あの若い事務官とベタベタしていたのよ。あなたは嫉妬で私をほんとうに殺してもよかったのに。私のことをちっとも愛してないいんだわ。私、どうしたらいいのかわからないわ！」

「でもね」と彼は言った、「君はいけなかったんだよ。みんなは『ジョン・シャーマンを見てごらん、カンカンになっているに違いない！』と言うかもしれないだろう。たしかに僕は少しも怒ってなんかいないいんだけれど。でもそんなときにみんなは僕がそうだと触れ回るんだよ。そんなことはもちろんたいしたことはないけど。でもね、君はいけないよ」

「あなたが感情のあるふりをしてもむだよ。あなたの出身はなにせあのみすぼらしい小さな町、古くて活気のない商店が立ち並ぶ、古くて活気のない人間関係の町なんでしょう。私、この瞬間にでもあなたを愛するのをやめたいぐらいよ」と彼女は甘えるような眼差でつけ加えた、「もしそんなに美しい日焼けした顔をしていなければね。あなたをよくしてあげるわ。明日の夕方はオペラ見物よ」。突然に彼女は話題を変えた。「ほら太った小男がいて、「広場」から出て来て私のほうをじっと見つめているでしょう？　私がかつて婚約していた男なのよ。彼の後にいてボンネットを私に振っている四人の年増をごらんなさいな。それぞれが私とは因縁があるのよ。何年たっても少しも変わらないのでしょうね」

それ以後彼は一瞬たりとも平穏ではいられなくなった。彼女によってたえず劇場やオペラやパーティーに連れ回された。このうちの最後のものはとくに厄介だった。というのも彼女はいつも周りに、自分の無軌道を感心して聞いてくれる取り巻きを集めていたからである。ところが彼のほうは、けして無謀さをただそれだけのために楽しむ年齢ではなかったのである。

八

手紙からと天井の十四匹のハエからも見張られているという、彼の想像力によるあの輝かしい眼は、だんだんと平穏の源ではなくなっていった。その目は二つの渦巻きを思わせたが、そのなかに彼の人生の秩序と静寂が刻々と吸い込まれていったからである。

彼はいまだに夢である田舎の館や三人の庭師つきの庭のことをよく考えることがあったが、どういうわけかそれらはその魅力の半分を失っていた。

彼はハワードやほかの何人かに手紙を書いていたが、ついにメアリー・カートンへの手紙に取りかかった。それは未完のままに机の上におかれ、その上には薄い埃の膜が積もりはじめた。

リーランド夫人はひっきりなしにシャーマン夫人のもとを訪れていた。彼女はこの恋人たちのことで感傷にふけって、二人のことで涙さえ流すことがあった。夫人が訪問するたびに、シャーマン家は一週間分の話題に困らなかった。

毎日曜日の朝にいつも――手紙を書く時間帯に――シャーマンはその未完の手紙に目をやった。彼にはそれを書き上げられそうもないということが、しだいに明らかになってきた。メアリー・カートンにたいして、友情以上のものがあるとはけして思えなかったが、なぜかこの恋愛事情を彼女には知らせることができなかった。

婚約者に悩まされるたびに、彼はその未完の手紙のことをますます考えるようになった。彼は十字路にたたずむ人間だった。

風が南のほうから吹くたびに、彼は友人であるメアリーことを思いだした。というのもそれこそが彼の心を追憶で満たした風だったからである。

ある日曜日に、それが運命の車輪からの埃であるかのように、それこそ恭《うやうや》しく彼はその手紙の表面に積もった埃を払った。しかし手紙は未完のままだった。

九

六月の水曜日に、シャーマンはいつもより一時間早く会社から帰宅した。いつも毎月の第一水曜日にそうしていたが、その日は母親が友だちのために在宅していたからである。彼らにはさほど訪問者があるというわけではなかった。今日はこれまでのところ、彼にもどこかわからないところから母親が拾ってきた、ひどい身なりをした老婦人だけだった。彼女は彼の写真アルバムに見入って、自身の裕福な時代の人の名前や日々のことを思いだしたりしていた。彼女と擦れ違いにリーランド嬢が入ってきた。彼女は老婦人と擦れ違うときに、その貧しい女性が擦り切れた外套を着ていることをことさら意識させるような、手きびしい一瞥を与えた。それから両手を差し出しながら、シャーマン夫人のいるところへ向かった。シャーマンは自分の母親の性癖を知りつくしていたので、母親に浮かんだかすかな冷淡さに気づいた。おそらく彼女はこの美しいトンボのことをそれほど気に入っているわけではなかった。

「私が伺ったのは」とリーランド嬢は言った、「ジョンに絵を勉強しなければと言うためなんです。音楽と人とのおつき合いだけでは十分ではありませんから。美術ほど洗練さを与えるものはありませんわ」。それからジョン・シャーマンのほうを向いて――「ねえ、あなたをまったく違った人にしてみせるわ。あなたはどうしょうもなく野暮な人よね」

「僕のどこがいけないんだい、マーガレット?」

「ちょっとそのネクタイをご覧なさいな。ネクタイほど男の上品さを示すものはないのよ。それからあなたの読むものよ！あなたは誰も話題にしたがらない古い本のほかはまったく読まないんだから。あなたに今月に誰もが読んでいる本を三冊貸してあげるわ。ほんとうに雑談ぐらいできなきゃ、それにネクタイはきっと取り替えてね」

ほどなく彼女は椅子の上に開いたままの写真帳があるのに気がついた。

「まあ！」と彼女は叫んだ、「ジョンのきれいどころをどうしても一目見なくちゃね」

あらゆるたぐいの美顔を収集することがシャーマンの習性となっていた。それはおそらく独身時代のはじめのころから続いているものであった。

マーガレットは写真を一枚ずつ順にめくるたびにこんな批評をした。「あぁ！　彼女にはどこか生気があるようね」とか「あなたの活気のないまぶたがほんと好きではないわ」、あるいはなにかそんな文句を。ただの親戚の何枚かは一言も発することなくめくられた。一人の顔が何度か出てきた——静かな顔が。マーガレットがその顔に三度目に出くわしたときに、なにかのことで少し憤慨しているようなシャーマン夫人が口を挟んだ。「その人はジョンの友人のメアリー・カートンよ」

「ジョンから彼女のことは聞いておりますわ。ジョンには彼女から貰った本があるんです。そう、この人が彼女なの？　ほんとうにおもしろいわね！　私このような田舎の人々が気の毒だわ。鈍感にならないっていったいへんなはずよ」

「僕の友だちは少しも鈍感なんかではないよ」

「彼女はアイルランドなまりで話すんでしょう？　あなたが彼女のことをとっても善人だと言ったことを覚えているわ。人がとっても善人のときは、陳腐なことを口にしないのは難しいはずよ」

「君は彼女のことを誤解しているよ。彼女をとても気に入るよ」と彼は答えた。

「彼女って自分たちの親戚や、家族や、友だちの子供たちのことについてしか話せない人じゃないかしら。この子はどんなふうに百日咳に罹ったのだとか、この子の麻疹はほんとよくなっているわ！　だとか」。彼女はいらいらして、人差し指と親指で写真の一枚をヒラヒラさせ続けた。「なんて彼女の髪形は変わっているのかしら、それになんてへんてこなドレスなの！」

「彼女のことをそんなふうに言ってはいけないよ――僕の親しい友だちなんだからね」

「友だち！　友だち！」彼女は突然叫んだ。「この人ったら、私が男と女の友情を信じると思っているわ」

彼女は立ち上がり、話題を変えるようなそぶりで振り向きながら言った、「あなたは私たちの婚約について友だちみんなに手紙を書いたの？　このあいだあなたに聞いたときはまだだったわね？」

「書いたよ」

「みんなに？」

「いや、みんなにではないけれど」

「あなたの親友の――さん、なんて呼んでいるの？」

「カートンさんだよ。彼女には書いてないよ」

彼女はいらいらしながら足を踏み鳴らした。

「二人はほんとうに昔からの仲間同士だったのよ――ただそれだけなのよ」と事態を収拾しようと

して、シャーマン夫人が言った。「二人とも本が好きだったわ。それで仲がよくなったのよ。私はあまり彼女を好きになったことはないけれども。でも彼女は友人としてはほんと申し分なかったのよ。たぶん読書のことも園芸のことでもね、それにジョンをきちんと育てるときに、近所のぐうたらな若者から遠ざけるのを手伝ってくれたのよ」

「おばさんはジョンに手紙を書かせて、すぐに彼女に話すようにさせなくちゃ――そうさせなくちゃ、そうさせなくちゃ！」とリーランド嬢はほとんど涙に咽《むせ》びながら言った。

「約束するから」と彼は答えた。

ただちにわれに返って彼女は叫んだ、「もし私が彼女の立場だったら、手紙を受け取ったときに、自分がどうしたいのかわかるわ。誰を殺したいのか私にはわかっているわ！」――笑いながらこう言うと、彼女は暖炉のところへ行って、その上の鏡に写った自分の姿に見入った。

原　注

（1）ロンドン西部の一地区。
（2）喜望峰はアフリカ南端に、モザンビークは東部アフリカに、またサイド港はエジプトのスエズ運河の［北］端にある。
（3）一八四八年英国ではじまった絵画と文学におけるラファエル前派運動は、その美学をラファエロ

（一四八三〜一五二〇）以前のイタリア絵画から学んだ。
（4）エドワード・ジョージ・アール・リットン・ブルーアー - リットン（一八〇三〜七三）、英国の小説家、劇作家、政治家。
（5）このフランスの作家が誰なのかは明らかになっていない。
（6）ベラドンナ草、またはセイヨウハシリドコロから抽出される毒性薬のアトロピンには、目の瞳孔を大きくさせる働きがあり、美容目的に使われた。
（7）古典神話によれば、運命の三女神が人間の生命を操る。クロートーは生命の織物を紡ぎ、ラケシスはそれを測り、アトロポスはそれを裁つ。
（8）テムズ川はロンドンの主要河川。
（9）ロンドンの一地区。テムズ川南岸。

第三部　ジョン・シャーマンがバラを再訪する

一

ほかの人たちはいなくなった。一人になったシャーマンは、応接室の窓から外を眺めていた。彼にとってこれまでにロンドンが、自分がおき去りにされた砂礁のように思われることはけしてなかった。「広場」の潅木は埃で被われていた。歩道で数羽の雀が羽根毛を逆立てていたが、人が通るたびに雀にとっては迷惑となった。空は煙で一面覆われていた。大衆のただなかにいる恐ろしい孤独感が彼に重くのしかかった。人生の一部が終わりかけていた。彼はまもなく自分も若者ではなくなるのだと思った。そして新しいものへの欲求が薄れていくこの時期にあって、人生における大きな節目が訪れようとしていたが、自分の積み上げたものが、過去のものであると感じる者の一人になっていた。そしていまやこの過去は、それ自体二度と蘇えることはないのである。彼はまるで奇妙な船に乗って、奇妙な水夫たちに同伴するかのように、遠くへと船出しようとしていた。

彼は少年時代を過ごしたあの町をぜひまた見たいと思った。あの狭い道路やあのみすぼらしい小さな商店街を見たいと。またおそらく、長年の友人だったメアリーにこの婚約について伝えるには、手紙でよりも口頭のほうがより簡単かもしれない。こんな容易なことを手紙で書くことが、なぜそんなに難しいのか不思議だった。決定すると即刻行動に移すのが彼の習慣だった。その人生においてそうそうあることではなかったが。翌日彼は会社で三、四日休むと告げた。母親には田舎で仕事があると話した。

カバンを手にしてターミナル駅に歩いていく途中で、彼は婚約者に出会った。彼女はどこに行くのかと訊ねてきた。「仕事で田舎に行くところだよ」と答えて彼は赤面した。彼は泥棒のようにこそこそと立ち去っていった。

二

バラの町には鉄路で到着した。というのはあの遅い家畜運搬用の気船を避けて、ダブリンを経由して行ったからである。

昼前だった。彼はインペリアル・ホテルへと向かった。校舎にいるメアリー・カートンに会うのには夕方の四時まで待たねばならない。というのも彼は、旅程を子供たちの練習のある木曜日に到着するように調整していたからである。

通りを行くときに、彼の心はあらゆる懐かしい場所や光景に向けられた。立ち並ぶ荒れはてた茅葺きの小屋、商店街のスレート屋根、グズベリー売りの女たち、川に架かった橋。元の所有者がウサギの格好をした幽霊の姿で現われるのを、そこの庭師がよく目撃したという評判の庭園があるのだが、その庭を取り囲んでいる高い塀。夕暮れになると首のない兵隊が恐ろしくて、子供たちが誰一人として通ろうとはしない街角。見捨てられた粉屋、芝草で覆われた埠頭。彼はこういったすべてを、ケルト的な強い愛着で見入ったが、それはケルトの放浪者によって世界のはてまで運ばれる愛着であり、往時からの憂いを帯びた歌の風聞で、その旅路を包み込むものであった。

この時期泊り客であふれるインペリアル・ホテルの窓ぎわに彼は腰をかけた。客の誰にも注意を向けなかった。そこで黙想に黙想を重ねて座っていた。つかのまの影で町を覆う灰色の雲が、せわしなく通り過ぎた。その雲は、メイルダンが目撃したという羽のボサボサになった老いた鷲が、命の水のほうへと急行するさまに似ていた(1)。下手の通りには田舎の人々、町の人々、旅行客、籠を担いだ女たち、ロバを駆る少年たち、杖を突いた老人たちが行き来していた。ときどき彼に思いあたる顔があったり、向こうのほうが彼だと思いあたることがあって、馴染みのある声で歓迎された。

「あなたはお父さんよりハンサムな紳士となって戻ってきましたねぇ、ジョンの旦那、お父さんは素敵な容姿の人でしたから、お父さんに神のお恵みを！」とウェイターは言いながら、ランチを運んできた。そして実際にシャーマンは、この何年間か離れているうちによりハンサムになっていた。その顔と身振りはさらに品位を増していたが、彼の自然を中心とした生活に、いくばくかの経験が落とされたからであった。

彼は四時にホテルを後にして、校舎の近くで待っていると、子供たちが外に走りでてきた。一人か二人の年長の子供の顔に見覚えがあったが、彼は顔をそむけた。

三

彼がなかに入ったとき、メアリー・カートンはちょうどリード・オルガンに鍵をかけていた。彼女は驚きながらも嬉しさいっぱいで出迎えた。

「いつもあなたに会いたいと思っていたわ！　いつ来たの？　ほんとうに私の日課をよく覚えていたわね、それで居場所がわかったのね。ねぇジョン、あなたに会えてとても嬉しいわ！」

「僕が出ていったときと君は変らないね、それにこの部屋も変らないな」

「そうね」と彼女は答えた、「変らないわ、新しいプリントを何枚か貼らせただけよ――果物や木の葉や鳥の巣のプリントをね。先週やったばかりなのよ。父兄が子供たちのために絵画や詩を選ぶときは、そんな家庭的なものを選ぶのよ。私ならそんなものは選ばないんだけど。子供たちってそれほど家庭的ではない動物なのよ。それはそうと、ジョン、こんなぼろの校舎でまた会えてほんとうに嬉しいわ。ここでは私たちちっとも変わってないわ。死んだ人もいれば、結婚した人もいるわ。それにみんなほんの少し年を取ったわ、それに木々もほんの少し高くなったかしら」

「僕がここに来たのはね、もうじき結婚するっていうことを君に伝えるためなんだ」

彼女は一瞬真っ青になって、目眩に襲われたかのように腰を下ろした。椅子のはしの上におかれた彼女の手は震えていた。

シャーマンは彼女のほうを見て、当惑しながらも機械的な調子でこう続けた。「婚約者というのはリーランドという人の娘さんでね。かなりの金持ちなんだ。僕の母親が誰か金持ちと僕を結婚させたがっていたよね。彼女の父親というのが、生前はシャーマン・ソーンダーズ商会の古くからの顧客だったんだ。つき合いでも彼女はそれは評判がよくってね」。しだいに彼の声はたんなる呟きになっていった。自分が話していることを理解していないようであった。彼はすっかり話をするのをやめた。そしてメアリー・カートンをしばし見つめていた。

彼を取り巻くあらゆるものが、およそ三年まえのままだった。テーブルにはたくさんのカップがあって、床は食べ滓で覆われていた。おそらくテーブルの下で食べ滓を引っ張っているネズミは、あのいつかの夕方と同じネズミであったかもしれない。ただ違っているといえば、夏の垂れ込める陽光と、外の蔦からたえまなく聞こえてくる雀の囀《さえず》りだけだった。彼には道に迷ったような混乱した感覚がした。彼が子供のときに知ったものとまさに同じもの、それはある暗い夜に誤った角を曲がったので、家に到着するどころか、標識によって自分が家から何マイルも離れているとわかったときの感覚だった。

ほんの少しまえなら、彼の人生がいかに困難であっても問題はつねに明確だった。いまや突然に曖昧模糊としたもう一つの関心事が入り込んでいた。

これ以前にはメアリー・カートンが、彼にたいして温かな友情以上のなんらかのより強い感情を抱いているということが、その胸中に思い浮かんだりはしなかった。

彼は同じような機械的な調子でまた話しはじめた。「リーランドさんは僕らの近所に母親と一緒に住んでいるんだよ。彼女は事業家のなかでいつも暮らしてきたけど、教育もきちんと受けていて、コネも十分あってね」

カートン嬢はなんとかして平静さを取戻していた。

「おめでとう」と彼女は言った。「いつまでもお幸せにね。あなたはなにかの社用でここに来たんでしょう？　きっと町との取引がまだあるんでしょう」

「僕が結婚するって君に言いにここに来ただけだよ」

「手紙を書いたほうがよかったと考えなかったの？」と彼女は言って、子供たちのお茶の道具を暖炉のそばの食器棚に片づけはじめた。

「そのほうがよかったのかなぁ」とうなだれながら彼は答えた。

一言も交わすことなく、後ろのドアに彼らは錠をかけて外に出た。一言も交わすことなく灰色の通りを歩いた。彼らが通り過ぎるときに、ときおり女か子供がお辞儀をした。この旧友同士がこんなにも押し黙っているのを、おそらくいぶかった者もいただろう。牧師館のところで彼らは互いに別れの挨拶を交わした。

「いつまでもお幸せにね」と彼女は言った。「あなたと奥さんのためにお祈りするわ。私は子供と老人とでとても忙しんだけれど、いつも折を見てあなたたちがうまくいくようにお祈りするわ。では、さようなら」

彼らは別れた。塀の門が彼女の背後で閉まった。彼はしばらくそこに留まって、塀の上に姿を見せている木々や潅木の梢を見上げて、さらに少し向こうにある館を見た。彼は自分の問題——彼女の人生と自分の人生をじっくりと考えながら立っていた。いずれにせよ自分の人生には出来事や変化があるだろう。彼女の人生は女の狭い生活となるだろう。そして女というものは、自身がずっと育んできたただ一つの変わらぬ願いも成就できずに、日常に自分自身を埋没させることを——この古い惑星にあってもっとも哀れなことを求めるのである。

次のことが明らかとなっていた。つまり彼はメアリー・カートンを愛していた、また彼女も彼を愛していたことが。彼はマーガレット・リーランドを思いだして、彼女が嫉妬するのも当然だと呟いた。それからこの町や住民にたいする、彼女の軽蔑的なすべての言葉が心に蘇えってきた。かつてはその言葉は彼になんの印象も与えなかった。だがいまや自分の本音がどうであるのかという感覚が、こんなふうに突然に暴露されることによって乱されたので、彼女の言葉は彼の考えかたと違っていたとはいえ、彼の上にひしひしと迫りだしたのである。メアリーもまた彼女の言葉に同意したのではなかろうかと思った。あるいはこうであるのかもしれない、つまりある遠い昔に遺棄されたというけだるい単調さが、メアリー・カートンの精神にあまりにも重くのしかかったので、彼女は年老いて活気のない者たちの一人になっているだけではないのか、鈍感さが雲のようにその場を満たしている者の一人に？

彼は悲しげにホテルのほうへと向かった。彼の周りのあらゆるもの、道、空、自分の歩いている両足もが、幻のようであり意味がないように思われた。

彼はウェイターに朝一番の列車で発つつもりだと伝えた。「なんですって！　来たばかりじゃありませんか？」とその男は答えた。彼はコーヒーを注文したが、それを飲むことができなかった。外出したが、すぐにまた戻ってきた。厨房に下りていって、使用人たちと話をした。彼らは彼が去ってからここで起こったすべてのことを話してくれた。興味がわかなかったので、自分の部屋へと上がっていった。「家に帰ってみんなが僕に期待していることをしなければ。でもそれをするには注意がいる」。

帰還の旅のあいだ彼は自分の問題に苦しんだ。彼に浮かんだのは、メアリー・カートンが一通りの単調な義務を永遠にこなしている姿だった。また浮かんだのは、異邦人のなかで自分自身の人生が際限なく退屈に続いていくことであった。

　ホリーヘッド(2)からロンドンまでの旅の道連れは、一人の夫人とその三人の子供、年長の子でも十二歳くらいの若い娘たちだった。幸福で輝く彼女らのつややかな顔は、彼にとっては不吉な象徴となった。その顔が嫌いだった。それらは彼を吸い込もうとする冷淡な世界を象徴しており、彼が自分のために炉辺に拵えた隅から、少しずつ引き摺りだそうとする漠然としたものを象徴していた。自分の本音がどうなのかという意識が揺さぶられ、人の過去と現在というものが、友情をまさに崩壊させようとするあの危険な一瞬に立たされていたのである。彼は追憶のなかに逃げ込んだ。そして思いだせるかぎりのメアリーのありとあらゆる言葉を数え上げた。彼は現在と未来を忘れた。「愛なくしては」と一人呟いた。「我々は神あるいは植物のようになってしまう」

　雨が客車の窓を打ちつけていた。彼は耳を傾けはじめた。考えと追憶がうつろになった。彼の心は雨垂れの音で満たされていた。

原　注

（1）『メイルダンの航海』を参照のこと。イェイツはP・W・ジョイス訳の『古代ケルトのロマンス』（*Old Celtic Romances*）（デイビッド・ナット社、ロンドン、一八七九年）を読んでいたであろう。「神秘の湖の小島」と題する挿話のなかで、メイルダンとその一行は、一羽の老いた鷲がある湖に浸かることによって若さを取り戻すさまを目撃する。「そのあいだにその老いた鷲は、ほかのものが飛び去っていった後で、夕刻になるまでなめらかにその羽根を整えた。それから翼を打ち振って舞い上がり、まるでその力を試さんばかりに島の周りを三度旋回した。そしていまや人々は、その鷲がまったく老いさらばえた姿ではないということに気づいたのである。その羽毛は厚く光沢があり、頭は直立し、目は輝いていた。そしてほかの鷲とまったく変わらないほどの力強さと速さで飛んでいった」（一六一頁）。

（2）英国西岸沖の小島、ダブリン発の旅客便ための主要港。

第四部　ウィリアム・ハワード牧師

一

ロンドンに帰ってから、シャーマンはしばらく戻ってきたことを知らせなかった。会社から家に直行していたが、ふさぎ込んで自分のことに没頭しながらも、当の問題――彼女の人生や自分の人生のことは考えないようにしていた。ときどき自身にこのように繰り返していた。「みんなが期待することをやらなければ。いまはどうこうはできないんだ――僕が選択できるときは終わったんだ」。どんな道を取っても、彼自身やほかの者たちにもきわめて不幸なことになるような気がした。その性格からして急に決断することが困難だったので、彼は自分がこれまでやってきた方法に従うことにした。別なふうにやろうとする考えは浮かびもしなかった。この婚約を破棄することや、また二人がどうなるのか世間に噂させることもけして考えなかった。数々の祝福の言葉の鎖でどうしようもなく縛られていたのである。

一週間が一か月間のようにゆっくりと過ぎていった。心のなかを辻馬車や四輪馬車の車輪が通り抜けていくようであった。ときどき彼はバラの町にある自分の庭のはずれを流れるあの静かな川を思いだした。水草がそこでどのように揺れていたのか、また鮭がどのように飛び跳ねていたかを！

週末にリーランド嬢からの短い手紙が届いたが、何日も彼女がほったらかしにされていると訴えていた。彼はいくぶん形式的な手紙を送って、すぐにも訪問する約束をした。ほかの心配事に加えて冷たい東風が立ちはじめ、彼をたえまなく震えさせた。

とある夕方にシャーマンと母親は、一方は編み物をしながら、片方はうとうとしながら静かに座っていた。彼は数通の手紙を書き終えて、いまや幻想のなかにいた。周りのどの壁にも、彼が学校のときに描いた一、二枚ほどの絵が架けられていた。母親がそれを額に入れさせていたのである。彼の目は、小川と驚いている何頭かの牛が描かれている絵に注がれた。
二、三日前に彼は、置き忘れた書類に挟まれている、古い子供用のスケッチブックを見つけていた。それには馬の描き方が説明されていて、胴体を画く基本として三つの楕円形を書くのであるが、中央に横向きの円を一つ書いて、その両端に腹と胸のための縦向きの円を二つ書くとあった。また牛の描き方については、一個の正方形でその胴体の基本とするとの説明がなされていた。[自分の絵では] 牛の体全体を正方形にあわせようとしていた。彼は半ばそれを額から取り出して、この新しい基準で修正したい気持ちになった。それから最初に故郷を離れようと決心したあの日に、犬に石を投げつけたあの顔を腫らした子供のことが、なぜかしだいに記憶に蘇えってきた。さらにあるほかのイメージが浮かんだ。自分の問題が支離滅裂となって揺らめいた。彼は眠りに落ち入ろうとしていた。幻想のなかにカチッという音、母親の編み針のカチッカチッという音が響いてきた。彼女には編み物を必要としているロンドンの子供たちがいた。彼は覚醒と眠りのあいだのあの境界にいたのであるが、そこは私たちの思想がそれ自身の生命をもちはじめるところ——芸術が育まれインスピレーションが生まれる領域なのである。

なにかがカサカサと滑り落ちる音が聞こえて、彼はびくっとした。そして顔を上げると、一枚の厚手の紙が暖炉の片側から落ちて、一陣の風に運ばれて下の火格子の灰のなかに旋回していくのが見えた。

「あれ」と彼の母親が言った。「あれは臨時の代理牧師の写真だね」彼女はいまだにウィリアム・ハワード牧師のことを、初めて知りあったころの名称で呼んでいた。「あの男っていつも写真を撮ってもらいたがるわよね。家中にやたらとあるけれど、年寄り女の私なんかこれまでの生涯で一枚も撮ってもらったことはないのに。火箸でそれを取り出しなさいな」。写真がかなり奥のほうに落ちたので、息子はしばらく灰のなかをかき回してから、いくらか汚れた写真を取りだした。「それは」と彼女は続けた、「二、三か月前にあの男からこちらに送られてきたものだよ。それ以来その手紙入れにあったんだねぇ」

「いつもほど彼はこざっぱりしていないな」とシャーマンは袖で写真の灰を拭き払いながら言った。

「ちなみに」と彼の母は答えて、「あの男は教区をなくしたらしいよ、とても旧式な人間だからね。あの男ったら近ごろ、洗礼を済ませないで死んだ子供の魂は失われる、といった説教をしたっていうじゃないか。その題目についてこれまでずいぶん調べていたんで、そんなことばかり考えていたのかねぇ。母親たちは、彼のように聖アウグスティヌスのことは知らないんで、こぞって反発したというじゃないか[1]。ほかの理由もたくさんあったんだよ。あの猿みたいなとんでもない家系に誰が我慢できるもんかね」

おおくの田舎育ちの人のつねとして、彼女にとって世界は個人よりも家系によって分けられるものであった。

彼女が話をしているあいだに、椅子に戻っていたシャーマンは、テーブルの上に身を屈めて急いで手紙を書きはじめた。彼女はなおも非難し続けていたが、彼はこう言って遮った、「母さん、彼にちょうどこんな手紙を書いたんだけど――

「親愛なるハワードへ

こちらに来て僕たちと秋を過ごしませんか？　ちょうどいま君には仕事がないと聞いています。ご存じのように僕は婚約中なのですが、婚約期間が長引きそうです。君は僕の婚約者のことを気に入るでしょう。とてもよい友人になることを望んでいます。

敬具

ジョン・シャーマン」

「なんともびっくりさせるじゃないか」と彼女は言った。

「彼のことがとても好きなんだ」と彼は答えた。「お母さんはハワード家のことをいつもうさんくさく思っていたけどね。ごめん、ほんとうに彼をここに呼びたいんだよ」

「そうかい、お前があの男のことが好きなら、なにも反対したりはしないけど」

「彼のことが好きなんだよ。とても如才がないしね」と息子は言って、「おまけにすごく物知りだ。結婚しないんだろうか。よい夫になると思わないかい？——母さんは彼には思いやりがあるっていうことを認めなければね」

「もし本物の原則や信念がないなら、誰にでも思いやりを示すことなどわけないんだよ」

彼女のなかでは原則や信念とは、あの一貫して多大の努力を要することの呼称であったのだが、考えのほとんどない男女ならわけなく獲得できるものであった。

「きっと母さんは彼のことがもっと好きになるよ」ともう一方は言った、「もっと彼のことがわかればね」

「その写真はほとんどだめなんだろう？」と彼女は答えた。

「いいや、ついているのは灰だけだよ」

「残念だね、一枚でも少ないほうがいいんだけど」

この後から彼らは二人とも黙り込んで、母親のほうは編み物をし、彼のほうは小川のふちで草を食んでいる牛をじっと眺めては、牛の胴体を正方形にあわせようとしていた。しかしいまや彼の口元から一瞬笑みがこぼれた。

シャーマン夫人は少し困惑しているようだった。彼女は息子の訪問者に反対するつもりはないものの、ウィリアム・ハワード牧師を歓待することは、自分のほうからはけしてやるまいと固く決意していた。おまけにとまどっていた。彼女にはどうしてこのように突然に招待するのか理解できなかったのである。数週間この親子は諸事についていつものようによく話しあった。

二

翌日仲間の事務員たちは、シャーマンの気分が明らかに好転していることに気づいた。シャーマンは、妙なときにとつじょとして生じる雲雀さながらの快活で溌剌とした心持になっていた。夕方になってから彼は、こちらに戻ってきて初めてリーランド嬢のもとを訪れた。彼女は自分の手紙にあのような形式的な返答をしたことで文句を言ったのだが、彼が忠誠を取戻したことがわかって心から喜んだ。以前にも言ったように、まれではあるがシャーマンにはときにおしゃべりの衝動にかられることがあった。今晩の彼はそうだった。二人で出かけたこのあいだの芝居、ついこのあいだのパーティー、その年の話題の絵画、彼が目にしたすべてのことを次から次へと話したのである。彼女は喜んだ。訓練はむだではなかったのだ。彼女がいう教養のない人間はおしゃべりを学ぼうとしていた。このことで彼女はおおいに気をよくした。

「これほどおもしろい人とは」と彼女は思った、「けして婚約することなどなかったわ」

立ちあがって帰るときに、シャーマンが言った、「二、三日すると僕を訪ねてくる友人がいるんだ。君たちは互いにとても馬が合いそうだ。彼はとても旧式な人間だけどね」

「その人のことを話してちょうだい。私、旧式なものならなんでも好きよ」

「あはっ」と笑いながら彼は叫んだ、「彼の旧式さは君のとは違うよ。彼は陽気な吟遊詩人でも邪悪な騎士でもないからね。高教会派の牧師なんだ」

「その人のことはもう話さなくて結構よ」と彼女は答えた。「礼儀はわきまえるつもりよ。でも私が牧師を嫌っていることは知っているわよね。私はここ何年も不可知論者なの。あなたは正統派でしょうけど」

シャーマンは帰宅する途中に、仲間の事務員に出会ったので、その男を呼び止めてこう言った、

「君は不可知論者かい？」

「違うよ。でも、それがどうだっていうんだい？」

「いや、なんでもない！　さようなら」と彼は答えて家路を急いだ。

三

その手紙は絶好のタイミングでウィリアム・ハワード牧師に届いたのだが、彼の運命における重大局面のただなかにそれが到着したのである。わずかな人生のあいだに牧師は何度も教区をなくしていた。彼は自分自身を殉教者であると思っていたが、彼の敵には聖職者まがいの気取り屋だと思われていた。その性癖には、心がある奇妙な意見に取りつかれたり、また教区民にとってもそのように思われるものに取りつかれたりすることがあった。さらにその見解が驚くような方法で持続しているかぎりは、それを説教するという性癖もあった。洗礼を済ませない子供についての説教はそんな一例だった。その説教が正しいと考えたことよりも、終日それに取りつかれたのである。魅了されたのはその考えというより、その考えにたいする自身との関係であった。そんなときに彼はまた、自分の教区民にとってもっとも異常で危険な礼拝と思われるものを愛好した。祭壇と十字架の

上にあるロウソクを、思いも寄らぬところに安置したのである。彼は高教会派の複雑な僧服に喜んで身を包み、告白と死者のための祈りを推奨することで知られていた。

しだいに教区民の怒りが増すことになった。主任牧師、洗濯女、労働者たち、郷士、医者、学校の教師たち、靴屋たち、肉屋たち、お針子たち、地方記者、猟犬の調教師、宿屋の主人、獣医、行政官、泥のパイを作る子供たちすべてに、一つの恐るべきもの――カトリックの教義がここぞと吹き込まれることがしばしばあった。そんなときに彼は慰めを求めて、自分に忠実な何人かの若い女性たちの小さな集会によく飛んでいった。彼女らは彼の練り上げた見解をなおも繰り返したのであり、自分たちの想像力を働かして、牧師がタペストリーで覆われた壁のまえに年中たたずんで、どこか窮屈そうで古風な態度でキリスト像を握っている姿を思い浮かべたのである。ついに彼は立ち去らざるをえなくなったが、教区民にたいしてはこれみよがしの高慢な軽蔑感を抱き、自身にたいしてはあの敬虔な賞賛、つまりたかが寝たり食ったりしているにすぎない者たちを相手にして、観念の十字軍を率いる指揮官に与える賞賛を覚えていたのである。たしかに有能な十字軍戦士だった――まさしく有能すぎた。というのもその有能さは、彼のすべての思想にはある過度な完全さと孤立感を、また彼の心性にはある種のきびしさを与えていたからである。その知性は音楽家の共鳴板のない楽器のようであった。彼は注意深く賢明に、さらに独創的にも考えることができたが、自分の思想をそれよりもさらに深いなにかを暗示するような方法で考えることはけしてできなかった。

これにかんしては詩的であるのとは真逆の人間であった。というのも詩歌は本質的にカーテンの背後からの感触であるからだ。

　このような心的構造が、彼をあらゆる抗争に不必要に巻き込んだり、とりわけ先の教区を失ったりすることに与《あずか》ったのである。世のなかというものは、このような硬質で水晶のような思想のために存在していたのだろうか？　そのような思想を彼はもてあそんでいただけではないのか、積木崩しでもするかのように自らの技量を楽しみながら？　すべての者がたんに彼の思想を嫌ったとはかぎらなかったのではないか――おおくの者がそうであったとしても？

　このような成りゆきのなかで、シャーマンの手紙が絶好のタイミングでハワードのところに届くことになった。さて、ハワードは新しい教区の次に新しい友人を大事にしていた。ロンドンへの訪問はたくさんのことを意味していた。彼はおおむね交友関係を、かなり上手にはじめられる人間であると思っていた。

　彼はすぐさま小さな美しい筆跡で応諾の手紙を書いた。そしてその手紙の後間もなく彼は到着した。ハワードを迎えるなりシャーマンは、彼のなめらかでぴかぴかした長靴と、懐中時計の鎖についた小さなメダルと、よくブラシのかかった帽子をちらりと目にして、まるで内心の疑問に答えるかのようにうなずいた。その黒い衣装をまとった細身の洗練した姿と、つややかな髪と、流れる水のような感情豊かな顔に、シャーマンは満足の微笑みを浮かべた。

数日間シャーマン家ではその客の姿をほとんど見かけることはなかった。その客にはどこにでも敵に変わる友だちや、友だちに変わる知合いがいた。彼の日々は次々と続く訪問で過ぎていった。それから劇場や教会の見物があった。また女性並みの注意深さで購入される新調の服があった。ようやく彼は落ち着いた。

ハワードは朝を喫煙室で過ごした。彼がシャーマンに頼み込んだのは、それがないと気分が落ち着かないという宗教画を一、二枚ほど壁に架けること、さらにパイプ棚と暖炉のあいだに黒檀の十字架像を掲げることだった。部屋の一角には、寒い日にその膝を蔽うために手際よく畳まれた敷物を、またテーブルの上にはささやかな愛読書のコレクションが並べられた――奇妙ではあるが注意深く選ばれたコレクションで、そのなかにはニューマン枢機卿とブールジェ、聖クリュソストモスとフローベールが、完璧な友情で仲よく収まっていた。(2)

ハワードが来訪してすぐに、シャーマンは彼をリーランド家に連れていった。彼は上首尾だった。三人――マーガレットとシャーマンとハワード――は「広場」でテニスをした。ハワードはテニスが上手で、マーガレットを高く買っているように思われた。帰宅する途中でシャーマンは一度か二度独り笑いをした。それは一孵りの雛を抱えた雌鳥のコッコッという鳴き声に似ていた。彼はまたハワードに、マーガレットがどのくらい裕福だと言われているのかを語った。

これ以後ハワードは、テニスのときはいつもシャーマンとマーガレットに加わった。しばらくすると、たまにではあるが研究が退屈で心細く思えた日や、聖クリュソストモスについての未完の評論がいつも以上にたいへんに思えた日などに、彼は友人（のシャーマン）が到着するまえに「広場」のほうへとぶらついていると、あるときは独りでいたり、またあるときは一人か二人の知人といたりするマーガレットをよく見かけることがあった。またおよそこの時期に、シャーマンには珍しいことだったが、仕事で多忙なあまり市中に三十分ほど足留めされて、いつもの時間よりも遅れるようになった。夕方になると彼らはしばしばマーガレットのことを語りあった――シャーマンのほうは、ありのままの彼女を説明するのがとても懸念されるかのように率直ではあっても注意深く、またハワードのほうはある情熱を込めて。「彼女には宗教的な適性がある」と一度彼は軽く溜息をつきながら言った。

ときおり彼らはチェスをした――シャーマンが最近凝っているゲームであった。というのはチェスが、ほかのどんなことにもまして自分を殻から引きだしてくれるとわかったからである。

ハワードはここで奇妙なことに気づきはじめた。シャーマンはますますだらしなくなっていったが、それと同時にますます陽気になっていったのである。このことが彼を当惑させた。というのも彼自身がだらしないときに、陽気ではいられないとわかっていて、自分の帽子がくたびれてきたときでさえ、しゃんとして才気があるとは感じられなかったからである。さらにハワードが気づいたのは、シャーマンが彼に話しかけているときに、胸のうちになんらかの考えを隠しているように思えることだった。ずっと以前にバラの町で、初めてシャーマンを知るようになったときに、しばしば同じことに気づいていた。そしてそれをある種の疑い深さや過度の用心のせいにしたのは、そのような辺鄙な場所に住む人間にはままあることだったからである。ところがいまやそれがいっそう執拗なものに感じられた。「彼はよく訓練されていないいな」とハワードは考えた、「半分田舎者だ。世事につうじた人間にある冴《さ》えた率直さがない」

この間ずっとシャーマンの心は、孵化してくる色々な思いに、たえずコッコッという鳴き声を発していた。バラの町がしきりに彼の頭に浮かんだ。チープサイド[3]に横殴りの雨を降らせる灰色の雲の先端が、ある淡い連想によって思い起こさせたのは、バラの北麓の海側の断崖で砕ける寄せ波に急襲しては垂れ込める雲のことであった。とある街角は、バラの魚市場の一隅を思い起こさせた。道が補修のために囲いがあることを示す夜のランタンは、鋳掛屋の荷車のことを思いださせたが、燃える石炭で揺れる缶をぶら下げたその荷車は、市場の開かれる日にバラのピーター通りの角によく止まっていた。ストランド街[4]の人込みで遅れたときに彼が耳にしたのは、すぐ近くでかすかに滴っている水音であった。その音はあるショーウィンドーから聞こえてきたのだが、そこにあった勢いよく吹きだす小さな噴水が、その先端にある木製の玉を落ちないようにバランスを取っていた。その音によって彼の脳裏に浮かんだのは、長いゲール語の名がついた滝のこと、バラの「風の門[5]」へどっと流れ込む滝のことであった。たえず行ったり来たりするある歩みが、これらの記憶のあいだをさ迷った。するとメアリー・カートンの姿が、それらのあいだで幻影のように揺れ動いた。ある日曜日の朝に彼は——家から数百ヤードにある——テムズの河岸のほうへと歩いていって、柳で覆われたチズィック島[6]を見ていると、終日夢うつつの状態に落ち入った。その島によって昔に見た白日夢を思い起こしたからである。森に取り囲まれていて島を点在させた湖が、故郷の庭を流れる川の水源となっていたが、子供時代に彼はよくそこにブラックベリーを摘みに出かけた。その湖の対岸の近くにイニスフリー[7]と呼ばれる小島があった。たくさんの藪で覆われた岩ばかりのその中心部は、湖面から四十フィートほどあった。ときどき人生とその辛い仕打ちが、年長の少年の授業が誤って年少の子に課せられたように感じられたときに、彼は次のような夢が見られればいいと思った。その小島にわたってそこに木造の小屋を建て、数年間を存分に暮らすのであるが、小船を漕ぎ回して釣りをしたり、また昼には島の傾斜地で横になったり、夜には水のさざめきと藪——いつも見知らぬ生物で満ちている——の揺れる音に耳を傾けたり、朝には島の水打ちぎわに残された鳥の足跡を見にいったりするのである。

これらの画像が彼に生き生きと蘇えってきたので、周囲の世界は——あのハワードやマーガレットや自分の母親でさえも——しだいに遠ざかっていくかのように思われた。彼らが考えていることや感じていることに、彼は少しも気づいていないようであった。彼の目を眩ませたあの光が、希望と記憶を反射させるおぼろげな領域から流れた。ハワードの足取りを不安定にさせたその光は、生命それ自体のいつまでもギラギラしすぎる輝きであった。

四

六月二十日の夕方、ブラインドが下ろされガスの明りが灯された後で、シャーマンは喫煙室で左手を相手に右手でチェスをしていた。ハワードはリーランド家に言伝を頼まれて出かけていた。彼はよくこう言っていた、「なにか言伝あれば伝えてあげるよ？　君はとても無精だからな、困ったことがあったら僕にまかせろよ」。いつも彼のための言伝が見つかった。シャーマンを改善するために貸し出された本の山が、一冊ずつ持ち主に戻っていった。

「あのね」ドアのところでハワードの声がした、「しばらく君のことを見ていたんだよ。君は赤の駒をひどくいい加減に指しているよね。白の駒が勝つように、わざと赤の駒に何手も悪手を指すようにしているじゃないか。いやはや、そんなゲームを数局もやると、どんな人の品性だってだめになってしまうぜ」

彼はドアに寄りかかっていたが、あまりやかましくはないシャーマンの目にも、沈着さと素晴らしさをことごとく体現しているように思われた。彼の服装へのたいへんな配慮や物腰のすべてがこう言っているようだった。「僕をご覧よ。僕は世事につうじた人物と情熱家とを完璧に兼備していないかい？」今夜の彼は興奮気味だった。リーランド家で話をしてきたのだが、しかもうまく話せたので、誰にでもたくさんの考えを着想させるあの高揚感に浸っていた。

「ねぇ、シャーマン君よ」と彼は続けた、「そんなゲームはよしなよ。ほんとうに君のためにはならないぜ。チェスを公平に指し遂せるほどの正直者などいないんだよ――左手を相手にして右手でやるんではね。僕らはもともと不正直なんだから、自分たちを騙しさえするのさ。一人では安心して全面的に考えられるほど、僕らはチェスが指せないんだよ。僕とやるほうがずっといい」

「そりゃ結構だけれど、君は僕を負かすんだろうな。僕はそんなにやってないからね」ともう一方は答えた。

彼らは駒を並べなおして指しはじめた。シャーマンはもっぱら司教と女王の駒が頼りだった。ハワードのいちばん好きな駒は騎士だった。初めはシャーマンが攻撃するほうだったが、勝手に何手も先読みする棋風のために悪手を連発した。それで彼の駒がほとんど盤上からなくなって、王様の駒が絶望的に隅に追い詰められ、ついには投了するはめになった。どうあってもハワードが王様を取り逃がすとは思えなかった。ゲームが終わってから、ハワードは椅子にそり返って、タバコを巻きながらこう言った。「あまり上手くはないね」。どんなささいな芸にも熟達しているという感覚が、ハワードに満足感を与えていた。「このようなことではどれだって君は上手くやれないね」と興奮したときの特有な横柄な態度でこう続けた。「あの耐え難いバラの町で、どうしようもなくひどく君は育てられ、愚かに教育されてきたからだよ。連中は人生のたしなみというものを少しも、いや最小限すらわかってない。情報を信じているだけなんだよ。広い世間で活躍せざるをえなく、しかも教養も備えている人たちは、個人的に身につけるもの——沈着さ、適応力、上手な着こなし、上品にテニスをする仕方さえ大切にしているんだ——もし君が練習をすれば、そのうちにそれなりにはやれるようになるけどね——あるいは印象深い絵を描いたり手紙を書いたりする仕方もね。そのような人は、百科事典を丸ごと暗記するよりも、いくらかでも魅力的な仕草でタバコを吸うことのほうがましだとわかっているんだ。僕はこのことをたんに世事につうじた人間としてではなく、むしろ宗教を説く人間として言っているんだよ。人間は墓から蘇るときに、自分が本質的に会得したものしかもち去れないんだからね。自分がたんに所有しているもの、金銭や贅沢な屋敷と同じく学識も情報も後に残していくことになる。家も着衣も肉体も後においていくんだ。事実を収集したって切手の収集ほどの助けにしかならないんだよ。学識のある人間でもフルート奏者と同じぐらいやすやすとは天国に入れないだろうな、タバコを優雅に吸う人間と同じぐらいにさえもね。そこで君には学識がないんだけれど、およそそうなるぐらいにひどく育てられてきたんだ。あの惨めな町で、教育とはこんなことを知ることだと教えられてきたのさ、つまりロシアは北側が北極海に接し西側はバルト海に接しているんだとか、ウィーンはダニューブ河畔に位置しているんだとか、ウィリアム三世は一六八八年(8)に王位についたなんていうことをね。君は個人的なたしなみをまったく教わらなかったんだ。チェスをすることでさえ審判の日に君を救うことになるかもしれないよ」

「僕のチェスの実力は君より悪くはないはずだよ。君より注意が足りないだけさ」

シャーマンの声にはかすかな恨みがこもっていた。もう一方はそれに気づいたので、その態度を若い二枚目の無礼な雰囲気から、ときにとても純粋な魅力をよく与えた自己卑下したものへと変えてこう言った、「じつに残念至極だよ。というのは君らシャーマン家の者は深みのある人たちなんだ、我々ハワード家の者よりうんと深みがあるんだよ。我々は蛾か蝶、いやむしろ流れの速い小川のようだが、君や君たちは獣が水を飲みに行く森の深い淀みといったところだ。いいや！　もっとよい喩《たと》えがある。君の心と僕の心は二本の矢なのさ。君の矢には矢羽根がないが、僕のものには先端に金属がない。正しい行為にはどちらがほんとうに必要なのか僕にはわからないけどね。はたして僕たちはどこの地面に刺さるんだろうね。この世が過ぎ行きて、すべての矢が一つの矢筒のなかに集められるいつの日かに、泰平になると思うんだが」

タバコの火が消えていたので、彼はマッチを取りに暖炉のほうに行った。シャーマンはブラインドの隅を上げて、先ほどのにわか雨で光っている屋根をじっと眺めていた。そしてこんな晩には牧師館の暖炉のそばで表の雨音に耳を傾けながら、将来のことや村の子供たちの稽古のことを話しながら、どのようにメアリー・カートンと二人して座っていたのかを考えていた。

「君はパリの最新のドレスを着たリーランドさんに会ったかい？」とハワードが、すばやく話題を変えながら言った。「色合がとても豊かでね、聖シシリア(9)みたいに少しばかり色白に見えるんだよ。首に銀の十字架をつけて、ピアノのそばに立つ彼女はすばらしいよ。僕らは君について話しあったんだ。彼女は僕にこぼすのさ、君は少し野暮だと言うんだな。君は風采というものを見下しているようだし、それにときどき――許してくれたまえ――礼儀作法さえもね。おまけに世間話ってものをまるっきりしないよね。君はほんとうにがんばって、あの美しい娘と釣りあいが取れるようにしなければ、偉大な魂と宗教的な天分のある彼女に。それに彼女はとても悲しそうに話すんだな、君が向上していないって」

「そうさ」とシャーマンは言った、「僕は進んでいないな。いまは蟹のように横歩きといったところかな」

「まじめに」ともう一方が答えた。「こんなことを彼女はとても悲しそうで哀れな声で話したんだよ。彼女はいろんなことで僕を相談相手にしているんだ、僕には幅広い宗教的な経験があるからね。君はほんとうにもっと向上しなければ。絵を描くとかなにかをしたらどうなんだ」

「よし、絵を描くとかなにかをしてみようか」

「シャーマン君、僕は大まじめだよ。聖シシリアのように優しい彼女と、なんとか釣りあいが取れるようにしなければ」

「彼女はとても裕福だから」とシャーマンが言った。「もし彼女が僕とでなく君と婚約するならば、君は出世して司教として死ぬことを願うかもしれないな」

ハワードは煙に巻かれたように彼を見つめたが、そこで会話が途切れた。すぐにハワードは立ち上がって自分の部屋へと向かった。シャーマンのほうはチェス盤を並べ直して対局を再開したのだが、その一手一手のあいだにずいぶんと長考するふりをして、あるときは赤い駒に味方してごまかして指したり、あるときは白い駒に味方したりしながら、朝方まで遊び明かしたのである。

五

翌日の午後にハワードは、リーランド嬢が自宅の応接間の小部屋にいるところに居あわせた。彼女は剥製のインコとド・モーガンの青い壷[10]のあいだに座って読書をしていた。なかに案内されたときに彼が一瞬驚いたのは、彼女の容貌がまったく平凡であるということに気づいたからだった。それから彼女は彼に目をやると、たちまち彼女は生命の歓喜する炎に包まれて、見えなくなるように思われた。彼女は立ち上がると、本をいくぶん乱暴に椅子の上に放り投げた。

「私、『キリストにならいて』[11]を読んでいたのよ。それで自分が神智論者か社会主義者になるか、カトリック教会の信徒になるか、それともなにかをしなきゃいけないなと、ちょうど感じていたところなの。あなたにまた会えてとても嬉しいわ！　私の野生人はどうしているかしら？　あなたはほんとうにいい人だわ、私がジョンをまともにするのを手助けしようとしてくださるなんて」

彼らはシャーマンのことを話し続けたが、ハワードはシャーマンの欠点のことで全力で彼女を慰めた。時間がたてばきっと彼女の野生人はよくなるだろうと。彼は何度か彼女のあの黒い大きな目でじっと見つめられたが、今日その虹彩はいつもよりも大きいように思われた。その虹彩によって目眩《めまい》を感じたので、彼は椅子の腕木をしっかりと掴んだ。それから彼女は、子供時代からの自分の人生について語りはじめた――なぜ二人はハワードが少しも知らない話題をはじめることになったのか――そしてあまりにもいいとこ取りなので、それだけに危険なあの打明け話がいくつも語られたのである。愛すること――そのためでなければ生きる価値はないのだと。でもそのときに男たちはあまりにも浅はかなのだと。自分のような深い性格の相手にはけしてお目にかからなかったのだと。彼女はまったく恋をしなかったような振りをすることはなかったが、自分にたいして真剣な調べで応じてくれる心情の人にはけして出会わなかったのだと。話しながらその顔は興奮して震えていた。あの生命の歓喜する炎が、彼女から部屋のほかのものへ広がっていくように思われた。ハワードの目には、まるでそこにある光沢のある壷や剥製の鳥やフラシ天のカーテンが、この世のものではない光で輝きだすように感じられた――神秘家のブレイクが、エデンの園の鱗のある蛇について想像をめぐらせた、あの奇妙で混沌とした色彩のように明滅しはじめたのである。(12)その光はしだいに彼の過去と未来をおぼろげにし、その立派な諸々の決意を凋《しぼ》ませるように思われた。すべての男たちが本心から求めているものはそれではなかったのか、さらにほかのすべてのことはその光のために存在しているのではないのか？

彼は前かがみになって、おずおずとまた疑わしそうに彼女の手を取った。彼女は手を引っ込めなかった。彼はますます前かがみになって、彼女の額にキスをした。彼女は喜びに満ちた叫び声を上げた。そして両腕で彼の首に抱きついて突然こう叫んだ。「あぁ！　あなた──そして私。私たちはお互いのために生まれたのよ。シャーマンなんて嫌いだわ。あの人はエゴイストよ。あの人はゲスよ。自分勝手で粗野だわ」。片方の腕をゆるめて、彼女は興奮しながら手で椅子を叩いて、こう続けた、「あの人はどんなにか腹を立てることやら！　でも好い気味よ！　あの着こなしのひどいこと。あの人はなにからなにまでわかってないわ。でもあなたは──あなたは──あなたを見た瞬間から、あなたが私にとってどんな人なのかわかっていたわ」

その夕方ハワードは誰もいない喫煙室の椅子に身を沈めていた。彼はタバコに火を点けたが、それは消えてしまった。もう一度火を点けたのだが、またそれも消えてしまった。「僕は裏切り者だ──それであの人のよい馬鹿な奴、シャーマンよ、けして妬《ねた》まないでくれよな！」と彼は考えていた。「それじゃあ、どうすればいいんだろう？　でも、別になんら悪い行為になるはずがないんだ、男よりも洗練さと情感で優れている女を救ってやることは」。彼はしだいに上機嫌になっていった。立ち上がって向こうのほうへ行って、暖炉の上にかけたラファエロの聖母マリア(13)の写真を見た。

「聖母の大きな目はマーガットのものとなんて似ているんだろう！」

六

翌日シャーマンが会社から帰宅したときに、喫煙室のテーブルの上に封筒がおかれているのに気づいた。それにはハワードからの手紙が入っていて、彼が出ていったこと、シャーマンに裏切りを許してくれるように望んでいること、また甲斐もなくリーランド嬢に惚れ込んだのだが、彼女がその愛に答えてくれたことが述べられていた。

シャーマンは階下に降りていった。母親は女中を手伝いながら食卓の準備をしていた。

「母さんにはなにが起こったのかわからないだろうね」と彼は言った。「僕とマーガレットの関係が終わったよ」

「気の毒そうなふりなんてできないからね、ジョン」と彼女は答えた。彼女は事情を受け入れざるをえないなかで、ずっとリーランド嬢のことを屋根の上にある（やむなく必要な）通風管みたいなものだと考えていた。また変更することができない事実には世間並みに従っていたが、けして彼女のことを褒めたり、ともかくも好きだなどと表現したりすることはなかった。「あの娘は目にべラドンナを指しているんだよ。意地悪な浮気女なのさ。それに言わせてもらえば、あの娘の財産などもみんな話だけだよ。それにしてもどうなったんだい？」
ところが息子のほうは、あまりにも興奮していたので聞いてはいなかった。
彼は二階に上がって、次のような短い手紙を書いた。

「親愛なるマーガレット
貴女に新しい恋人ができたことをお祝い致します。貴女の勝利には際限がありません。当方と致しましては、貴女のご多幸を幾重にもお祈りし、会釈して退出させて頂きます、またいつまでも
あなたの友人である
ジョン・シャーマンより」

この手紙を投函した後で、彼は自分のまえにハワードの書付を広げて腰をおろし、きちんとしたなかにも品に欠ける狭量なところがないかと考えてみた——シャーマン自身はいささかずさんであったのだが。彼は以前にしばしばそう思うことがあった、というのも彼らの強い友情は、ほとんど相互に抱く軽蔑感によって成り立っていたからである。しかし世間に満悦していたので、すぐさ

ま次のように言い足した。「彼は僕よりそうとう利巧だな。学校ではよほど勤勉だったに違いない」

一週間が過ぎた。彼はロンドンの生活も終わりにしようと決心した。母親にバラに帰る決断を打ち明けたのである。彼女は喜んですぐに荷造りに取りかかった。彼女の古い居場所が、いわば失われたエデン(14)のようにしばらく思われると、その理由から現在と対比するのが習慣となっていた。やがてその現在が過去になってしまうと、それが代わりのエデンとなった。もし変化がなにか古いものへの回帰という形をとって彼女にやってくるならば、変化への準備がいつも彼女にはできていた。ほかの人は未来にその理想をおいていたが、彼女は自分の理想を過去においていたのである。

この瞬時の決断で驚いた様子を見せた唯一の人物が、耳の遠い年取った女中であった。彼女はイライラを募らせて待っていたのだ。面くらったような喜びの表情を浮かべて、放心しながら何時間もよく椅子の隅に座っていた。出発のときが近づいてくるにつれて、彼女はしゃがれた声でたえず歌を口ずさんだ。

出立する数日前に、シャーマンが最後に会社から帰ってくる途中で、驚いたことにハワードとリーランド嬢が、それぞれに茶色の紙の束を運んでいるところに出くわした。彼はやり過ごすつもりで、機嫌よく会釈した。

「ジョン」と彼女は言った、「ウィリアムが私にくれたこのブローチを見てよ――月に梯子《はしご》が架かっていて、そこを蝶が登っているでしょう(15)。素敵じゃない？　私たちこれから貧しい人たちを訪問するところなのよ」

「それでは僕は」と彼は言った、「ウナギを捕まえるよ。これから街を出ていくところなんだ」待ち時間がないとの言訳をして、彼は急いで立ち去った。彼女は悲しげな一瞥で彼を見送ったが、一人の恋人をもっと好きな別の恋人に取り替えた人間の奇妙な一瞥だった。

「かわいそうな奴」とハワードが呟いた、「打ちひしがれている」

「くだらないわ」とリーランド嬢がやや怒ったように答えた。

原注

（1）キリスト教神学者、聖アウグスティヌス（三五四〜四三〇）は幼児洗礼の必要性を主張した。「原罪」のために、救済される資格を得るには子供は洗礼を受けなければならない。

（2）ジョン・ヘンリー・ニューマン（一八〇一〜九〇）、英国の聖職者、著述家。ポール・ブールジェ（一八五二〜一九三五）、フランスの小説家。聖ヨハネ・クリュソストモス（三四七ころ〜四〇七）、コンスタンチノープルの大司教。ギュスターブ・フローベール（一八二一〜八〇）、フランスの小説家。

（3）ロンドンの旧市街の一地区。

（4）ロンドンにある通りの名。

（5）スライゴー近郊にあるブルベン山の斜面からグレンカー湖に流れ落ちる滝の一つ。W・G・ウッド－マーティンが『スライゴー県と町の歴史』（ホッジス、フィッギス、ダブリン、一八八二〜九二年）で記しているように、「それらの一本はアイルランド語で *Sruth-an-ail-an-anard* すなわち高度に逆らう流れと呼ばれているが、その奇妙で見かけによらない景色から、それが見せているのは通常の陸水学の法則にたいして正反対のことである。風がある特定の地点から吹くときに、水が山にたいして上方か逆の方向に噴き上げられるか、あるいは軍旗のように一面に広がる水しぶきとなってその地点から外側に向かって噴出される」（第一巻、八五〜八六頁）。

私の知るかぎりでも、スライゴー地域に関連する地名で「風の門」と翻訳される場所はない。しかしながらスライゴー県のキャラロウ教会の向かいの丘には、英語で「風の吹く裂け目」として知られ、*Bearna na Gaoithe*（「風の裂け目」）と呼ばれる割れ目がある。これは「天国に駆けだす」（'Running to Paradise'）の最初の詩行に関連するのかもしれない。（『詩集』改訂版、リチャード・J・フィンネラン編［マクミラン社、ニューヨーク、一九八九年］、一一五頁）。

（6）チズィックはロンドン近郊ミドルセックスの自治区。アイト［英方言］（"eyot"）は小さい島のこと。

（7）スライゴー県のギル湖にある小島。

（8）英国王ウィリアム三世（一六五〇〜一七〇二）は、前王のジェイムズ二世（一六三三〜一七〇一）を一六九〇年にボインの戦いで破って、アイルランドのプロテスタント支配を確立する。

（9）聖シシリア（二三〇没）、音楽の擁護者。

（10）ウィリアム・フレンド・デ・モーガン（一八三九〜一九一七）、英国の陶芸家、小説家。一八七一年にチェルシーで陶器業をはじめる。

（11）『キリストにならいて』（*The Imitation of Christ*）は通例ドイツの宗教作家トマス・ア・ケンピス（一三八〇〜一四七一）の作とされる。

（12）英国の著術家・芸術家のウィリアム・ブレイク（一七五七～一八二七）は、英国の著述家であるジョン・ミルトン（一六〇八～七四）による『失楽園』(*Paradise Lost*)の挿絵二巻と何点かの多種多様な版画を完成させている。C・H・コリンズ・ベイカーが自著『ハンティントン図書館におけるウィリアム・ブレイクの素描と絵画目録』(***Catalogue of William Blake's Drawings and Paintings in the Huntington Library***)、第二版、R・R・ワーク師編（ハンティントン図書館&美術館、サンマリノ、一九五七年）の十九頁で記しているように、ジョン・リネルのコレクションには、一般には「サタンがアダムとイブを見張る」と題される第五巻目の挿画版が含まれている。イェイツは、『ウィリアム・ブレイク著作集』(***The Works of William Blake*, 1893**)を準備するにあたって、ジョン・リネルのものを利用したので、ここでの言及はおそらくとくにこの図案にたいしてであろう。

同じ素描の別版のカラー複製画については、『失楽園』、フィリップ・ホファー&ジョン・T・ウィントリッチ編、（ヘリティージ出版、ニューヨーク、一九四〇年）の九〇頁に掲載されたものを参照のこと。リネル版は現在メルボルンのナショナル・ギャラリーにある。

（13）イタリアの画家ラファエロ・サンティ（一四八三～一五二〇）はたくさんの聖母画像を描いたが、ここでの言及はおそらく彼のもっとも有名な作品である「サン・シストの聖母」のことであろう。

（14）聖書ではアダムとイブはエデンの園に暮らすが、［神への］不従順のために追放される。

（15）この図案は「私は欲しい！　私は欲しい！」というタイトルのブレイクの素描を連想させるが、それには月にたいして斜めに架けられた梯子と、基部にそれを登りはじめる小さな人物が描かれている。その版画は『ウィリアム・ブレイクの詩と散文』(***The Poetry and Prose of William Blake***)（デイヴィッド・V・アードマン編（ダブルディ、ガーデンシティ、N・Y、一九六四年）二六一頁でみられるように、いくつかの最新版において再現されている。

第五部　ジョン・シャーマンがバラに帰る

一

今回は復路の航海だったので、汽船ラヴィニア号は家畜ではなくおおくの乗客を運んでいた。海は穏やかで航路も終わりに近づくと、乗客は三々五々デッキをぶらぶらと歩き回った。二人の家畜商がタバコを吸いながら、船尾の手すりから身を乗りだしていた。その様子からは賭博師とも行商人とも見わけがつかなかった。何年にもわたって彼らは職業がら汽船や列車のなかでずっと睡眠を取ってきたのである。彼らから少し離れたところに、リバプールから乗船した肺病で咳き込む事務員が、幼い子供と手を繋ぎながら、あちらこちらと歩き回っていた。まもなく彼は当所の日的のために、岸から送られてきたボートで上陸するのだろう。彼は故郷のティーリング岬(1)の空気が、健康を回復させることを望んでやってきたのだが、その幼い女の子とは奇妙な対照を見せていた――その子の頬が、申し分のないぐらい健康そうな赤みを帯びていたからである。かなり前方には、乗組員の一人に話かけている、ややおぼつかない足取りの赤ら顔の男がいた。甲板の風雨避けにいたのは、船酔いのことをひどく心配していた、青春もとうに過ぎた女家庭教師だった。彼女は上陸に備えて運び上げた荷物を自分の周りに積み重ねていた。シャーマンは太綱の山に腰かけて海上を眺めていた。ちょうど正午だった。トーリー島とラスリン島を通過したラヴィニア号は、ドニゴールの断崖[2]に近づいていた。断崖は薄い霧で覆われていたが、そのためにいつもよりもおぼろげでいっそう巨大に見えた。西のほうには太陽が真っ青な海上に輝いていた。カモメが霧のなかから現われて、陽光のなかに飛び込んだり、陽光から霧のなかへと飛び込んだりしていた。西の海のほうではカツオドリがひっきりなしに急降下していた。またときどきネズミイルカが姿を現して、その鰭と背中を日光に煌めかせた。シャーマンはこれまでのおおくの日々に味わった以上の完全な幸福に浸っていたが、さらに熱心に考えをめぐらせていた。自然のすべてが神々しい充足に満ちあふれているように思われた。あらゆるものがそれぞれの法《のり》に従っていた――善かれ悪しかれ安寧に従って。というのは悪にもまたその安寧、つまり猛禽の安寧があったからである。海から船へと目を移すと、シャーマンは悲しくなった。海上をのろのろと進むこの船上には、悲しげに前かがみで歩くおおくの人影が、あちこちと動き回っていた。船から自分自身に目をやると、その眼は涙であふれてきた。彼自身とこれらの動き回る人影を、希望と追憶が炎のように舐めつくした。

　再び彼の目に喜びが浮かんできた。というのはいまの自分を見いだしていたことはわかっていたからである。彼は自分の愛と過ぎゆく日のままに暮らしたいと思った。自分の法に従って暮らしたいと思った。いまやこのような真理を確信した――一方では聖者が、他方では動物が、過ぎゆく瞬間のままに生きているのだということを。これまでの日々が彼をそんな思いにさせていた。これは彼の日々が挽いた一粒の種子であった。一粒の種子を挽くために一生かけても十分なのだ。

二

数日後シャーマンはバラの町中を急いでいた。日曜日だったので、市場で商いをする田舎の人々や籠をもつ老女たちのあいだを通り抜けた。老女の籠のなかには、お菓子やグズベリー、子供たちに「ペギーの脚」と呼ばれている杖状の長い菓子棒が入っていた。

さて二か月前のように、ときどき見覚えがあると挨拶されながら、彼は以前のように歩き続けていたのだが、気持ちがはるかに高揚していたので、自分の目が蒙昧《もうまい》な悲しみでいっぱいであることには気づかなかった。その目には動物や夢想家にみられる眼差があった。なにもかもが簡明になっていたので、自分の問題そのものはなくなっていた。彼はメアリー・カートンになにを話そうかと考えていた。彼らが結婚することになれば、緑の戸口と新しい茅葺き屋根、また生垣の下にミツバチの巣箱が並んでいる小さな家に住むことになるだろう。彼はそんな家がちょうど空き家になっていることを知っていた。前日に彼と母親は、インペリアル・ホテルの主人と住宅の問題について話しあっていたのである。自分たちがいないあいだに建てられた二、三軒をのぞいて、近隣のあらゆる家の特徴がわかった。終日シャーマンと母親は、空き家とされている数軒の家の長所を丹念に調べた。母親にとって不思議だったのは、なぜシャーマンがこんなにも実務的ではなくなってしまったのかということであった。かつて息子はいともやすやすと満足したのに——並んだミツバチの巣箱や新しい茅葺き屋根は、彼女のその疑問を解決しなかった。彼女はそれらをみなリーランド嬢や劇や歌やベラドンナのせいにした。そしてバラの町とこれらのことのあいだに、いかに何マイルもの安心のならない水域があるということを、彼女は喜んで思いだしたのである。

母親のほうは、息子の心が並んだミツバチの巣箱や新しい茅葺き屋根のほかのどんなものに向けられているか知るよしもないなかで、シャーマンのほうはこんな人たちのあいだを歩いていた。市場で商いをする田舎の人々、グズベリー売り、「ペギーの脚」を売る商人たち、片隅でビー玉遊びをしている少年たち、荷馬車を御しているフランネル袖のチョッキを着た男たち、泥炭入りの背負い籠と攪乳器を乗せたロバを駆っている女たちのあいだを。ちょうどそんなときに母親は、編み物の毛糸をよく買っていたのは、ピーター嬢の店か橋のたもとのマッキャロウ夫人の店のどっちだったかを思いだそうとしていた。どちらかが一巻きにつき半ペニー安く売っていた。息子の心のうちでなにが起こっているのか、彼女がほとんど知らなかったのは、自分自身にもつねにすべきことがあったからである。同情しない者は幸福《さいわい》なり。そのような者は、その性格を鉄製のビンに保存するのであるが、一方私たちのようなほとんどの貧乏人は、自分を入れるための貝殻のようなものを捜し求めて、むなしくこの惑星を走り回っても、そのあいだに蒸気となって消失させてしまうのである。

シャーマンは牧師館の坂を登りはじめた。彼は幸福だった。幸福だったので走りだした。するとほどなく丘が急になったので歩くことにした。彼はメアリー・カートンにたいする自分の愛について考えてみた。この愛の光で見ることによって、これまでに起こったすべてのことがいまや明白となった。自分をまとめる中心を見いだしていた。子供時代はこの愛のための準備だったのだ。彼は孤独だったたし、野原にあるいつもの片隅を好み、鳥や木の葉のように無情に一人歩き回るのを好んだ。彼はいかに鮮明にメアリーとの最初の出会いを思いだしたことか。両方とも子供だった。学校の慰安会で熱気球が上がっていくのを見て、田野の途中まで二人でその気球を追いかけた。共に成長していき、同じ本を読んだり、同じことを考えたりして、なんという友だち同士になったのか！

彼が入口のところにやってきて、そこにぶら下がっている大きな鉄製の鐘のついた把手を引っ張ったときに、喝采と笑いに取り囲まれるなかで、あの熱気球が心のなかで再び上昇していった。

三

カートン嬢を呼んでもらうまえに、シャーマンはしばらく女中に話を続けさせた。彼女によると、老牧師は仕事をこなすことがだんだんできなくなっていた。老齢というものがほとんど突然に襲ってきたのである。牧師は炉辺からめったに動かなくなって、ますます注意が散漫になりつつあるというのである。このあいだは一度、読書机のなかにコウモリ傘を入れたことがあった。ますます彼は万事を自分の子供たち――メアリー・カートンと下の姉妹に任せるようになっているのだと。

女中が立ち去ったときに、シャーマンはいくらか薄暗いその部屋を見まわした。窓辺にカナリアが一羽入っている彩色された籠が吊るされていた。外には窓と牧師館の壁のあいだにはさまれた狭い地所があった。月桂樹とヒイラギの藪がその窓をひどく暗くしていた。部屋の中央のテーブルの上には、表紙が金箔の福音伝道書が何冊かおかれていた。暖炉の上の鏡の周りにはさまざまな教区の広報が留められていて、ガラスと金メッキの縁の部分に差し込まれていた。小さなサイドテーブルの上には銅製のラッパ形の補聴器があった。

シャーマンにとってどれもがなんと見覚えのあるものに思えたことか！　ただその部屋は三年前よりも狭いように感じられた。またラッパ形補聴器のあるサイドテーブルのそばに、肘かけ椅子があったが、その椅子のまえにある暖炉の片側のところのカーペット部分には、糸の見える新しい継ぎがほどこされていた。

シャーマンが思い起していたのは、彼とマーガレットがお互いに色々な空想に浸りながら、冬場にどのようにこの部屋の炉辺に座っていたかということだった。彼はとても深い瞑想に耽っていたので、彼女が入ってきて自分のそばにいることに気づかなかった。

「ジョン」ようやく彼女は口を開いた、「こんなに早くあなたに会えてとても嬉しいわ。あなた、ロンドンではうまくやっているの？」

「僕はロンドンを引き払ったんだ」

「それじゃ、結婚したのね？　奥さんを紹介してくれなきゃ」

「リーランドさんとは一緒にはならないよ」

「どうして？」

「彼女はほかの人を選んだからさ――友だちのウィリアム・ハワードをね。メアリー、僕は君に大事なことを言うためにここに来たんだ」。彼は彼女の近くにいって、優しくその手を取った。「いつも君のことがとても好きだった。ロンドンで別の人生のことを考えようとしたときに、よくこの炉辺とそのそばに座っている君のことが目に浮かんできた。ほらそこに座って将来について話しあったよね。メアリー――メアリー」彼は両手で彼女の手を握った――「僕の妻になってくれないか？」

「あなたは私のことを愛していないわ、ジョン」と彼女は身を引き離しながら答えた。「あなたが私のところに来たのは、それがあなたの義務だと考えたからよ。私の人生はずっと義務ばかりだったけど」

「聞いてくれ」と彼は言った。「僕はとても惨めだった。僕はハワードに滞在するように家に招待した。ある朝に喫煙室のテーブルの上に、マーガレットが彼のことを受け入れたと書かれている書付を見つけたんだ。そこで僕は結婚してほしいと君に言うためにここに来たんだよ。ほかの女性のことはまったく眼中になかった」

彼はいつのまにか自分が早口で話していることに気づいたが、まるでその言葉をすぐにでも話し終えたがっているかのようであった。リーランド嬢のこの件のことで、いまになって自分が悪いことをしたのではないかと思われたのである。以前には彼はそんなことは考えもしなかった――彼の心はほかのことでつねに忙しかったのである。メアリー・カートンは不思議そうに彼を見つめた。

「ジョン」と彼女はようやく言った。「あなたがハワードさんにあなたのところに滞在するように訊いたのは、わざと彼がリーランドさんと恋に落ちるようにするためか、それともこの婚約を破棄する口実をあなたに与えるためではなかったの、あなたは彼が誰とでもなれなれしくすることは知っていたんでしょう？」

「マーガレットは彼のことをとても気に入っているようなんだ。彼らはお似合いだと思うよ」と彼は答えた。

「あなたはわざと彼にロンドンに来るように訊いたの？」

「じゃあ、話すけど」と彼は口ごもった。「僕はとても惨めだった。どうしてかわからないけど僕はこの婚約へと流されていた。マーガレットはきらきら、きらきら、きらきらしているんだけれども、僕のタイプじゃない。思うに僕は馬鹿みたいに金持ちの誰かと結婚するものだと考えていた。でもすぐに君のほかは誰も愛していないということに気づいたんだ。僕は君とこの町のことをいつも考えるようになった。そのときハワードが牧師職をなくしたことを耳にしたので、上京するかどうか訊いてみたんだ。ただ彼らを二人きりにさせて、僕はあまりマーガレットには近づかなかった。二人はお似合いだと思ったんでね。もう彼らの話はいいよね」と彼は熱心に言葉を継いだ。「将来のことについて話そうよ。僕は農場を手に入れて農夫になるつもりだ。あえて言うんだけれども、伯父は死んでもなにもくれないよ、伯父の会社を出ていったんだからね。伯父は僕のことを役立たずと呼んで、金食い虫だと言うんだろうな。でも僕と君は――僕たち、結婚するんだよね？

僕らは幸せになるんだ」と彼は嘆願するように続けた。「君はいままでどおり慈善事業をしたらいい、そして僕のほうは農場で忙しくなるからね。自分たちを壁で取り囲むんだ。世間は外側になるから、内側は僕らとその平和な生活になるんだよ」

「待って」と彼女は言った、「あなたに答えるわ」と隣の部屋に行って、手紙の束をもって戻ってきた。彼女はそれらをテーブルの上においた。白く新しいものや、時間がたっていくらか黄色くなっているものもあった。

「ジョン」、彼女はとても青ざめた表情で言った、「あなたがごく幼い子供のころから私に寄こした手紙がここに全部あるわ」。彼女は暖炉から大きなロウソクを一本取り出して、それに火を点けて炉床の上においた。シャーマンは彼女がそれでなにをするつもりなのかと思った。「私はあなたに」と彼女は続けた、「誰にも言わないで墓場までもっていこうと思っていたことを話すわ。私はずっとあなたのことが好きだった。あなたがやってきてほかの人と結婚するのだと私に話したときに、私はあなたを許したわ。それは男の愛というものは風のようなものだから。それであなたたち二人に神様の恵みがありますように私は祈ったわ」。彼女はロウソクの上に体を傾けると、その顔は感情のあまり青ざめて歪んでいた。「それからはこの手紙のすべてがとても神聖なものになったの。私たちが結婚することなどまったくなくなったので。あなたの手紙は、あらゆるものとあらゆる人から孤立している私の人生の一部となったの——隔てられた神聖ななにかに。私はそれらを全部読み直して、日付に従って小さな束に整えて糸で結んだわ。いまや私とあなたは——私たちはもうお互いになんの関係もないのよ」

彼女は手紙の束を炎にかざした。彼は椅子から立ち上がった。彼女は彼に離れているようにと身ぶりで強く合図した。彼は困惑した様子でその炎を見ていた。手紙は炉床のところで燃えつきて薄片となった。それはまったく恐ろしい夢のようだった。彼女の指が、次々と確実にロウソクの炎に手紙を差しだすのを、彼はじっと見ていた。そして万物の存在であるどんよりした日光のなかで、そのロウソクが情欲のように燃え続けているのを、彼はじっと見ていた。戸口の下から吹き込む隙間風が、その灰を部屋に撒き散らしはじめた。その声はこう言った——

「あなたは金持ちの娘と結婚しようとしたわ。あなたは彼女を愛してはいなかったけれど、彼女がお金持ちであるということを知っていた。あなたはたくさんのことに嫌になったように彼女のことも嫌になって、彼女にたいしてとても酷く、とても意地悪く不実に振る舞ったのよ。あなたは捨てられて、私と怠惰なこの小さな町へとまた戻ってきたというわけよ。私たちはみんな、あなたが立派なことをたくさんするって期待していたのよ。あなたが善良で誠実な人だと思えたから」

「ずっと君のことを愛していた」と彼は叫んだ。「もし君が僕と結婚すれば、僕たちは幸せになれるんだ。ずっと君のことを愛していたんだよ」と彼は繰り返した――このことを数度にわたって頼りなく。カナリアが体を揺すって彼の肩に餌の種を撒き散らした。彼は自分のコートの襟からその一つを摘み上げて、それを指のあいだで機械的に転がした。「僕はずっと君を愛していたんだ」

「あなたは自分の負う義務を少しもはたしたことがないわ。あなたは自分が頑張らなきゃならないのに、なにもかにもが嫌になったのよ。それでいまこの小さな町に戻ってきたというわけよ、ここには怠惰と無責任があるから」

最後の手紙が炉床で灰になった。彼女はロウソクを吹き消して、それを暖炉の上の写真のあいだにおいて、大理石の一部のように静かにそこにたたずんだ。

「ジョン、私たちの友情は終わったのよ――それはロウソクのなかで燃やされたのよ」

彼はびくっとしてまえのめりになった。その心は絶望によって半ば息もできないほどの訴えにあふれていたが、唇からはとりとめのない言葉が吐きだされた。「彼女はハワードと幸福になるよ。二人は似合いだった。いつのまにか僕はそんななかにいた。金持ちの誰かと結婚するんだといつも考えていたもんだからね。僕はけして君よりほかの誰も愛することはなかった。最初は愛していることに気づかなかったけれど、いつも君のことを考えていたんだ。君は僕の命の源なんだ」

廊下の突きあたりにあるドアの外から足音が聞こえた。メアリー・カートンはそのドアのところにいって叫んだ。足音のする方角が変わって、だんだんと近づいてきた。なんとかしてシャーマンは自分を落ち着かせた。ドアが開いて十二歳ばかりの背の高いやせぎすの少女が部屋に入ってきた。庭土の強い香りが手にした籠から立ち昇った。シャーマンは、その少女が三年前のあの夕方に校舎でお茶を入れてくれた子供であるということに気づいた。

「ニンジンの草取りは済んだの？」とメアリー・カートンは言った。

「はい、先生」

「じゃあ、道具小屋のそばの梨の木の下に小さな花壇があるでしょう、そこの草取りをやってちょうだいね。ねえ、まだ行ってはだめよ。こちらはシャーマンさんですよ。ちょっとお座りなさい」

目におびえた表情を浮かべて、その子は椅子のはじに座った。突然彼女は言った——

「あら、なんてたくさんの紙が燃えたのかしら！」

「そうね、古い手紙をいくらか燃やしたのよ」

「もう、いとましようと思っているんだけど」とジョンは言った。別れの言葉もなく、彼はほとんど手探りするように外に出た。

彼は大切にしていたすべてのなかで最良のものを失っていた。二度彼は火中をくぐった。一度目は世俗的な野心を失い、二度目は愛を失った。一時間前には喜びで反響していた大気は、歌声と安寧とに満ちあふれていたのに。いまやエデンの園のまえに彼が見たのは、燃え上がる剣を手にした天使だった。[3] これまで彼が自分の周りに集めてきたすべての希望それ自体がなくなっていた。そして裸になった魂が震えていた。

四

足元の道は砂混じりで荒れた感触がした。彼は町から急いで立ち去った。午後も遅かった。並木がいくつもの影を道に投げかけていた。彼は追いかけられているかのように早足で歩いた。町の西方に向かって一マイルほど行くと、道を境とした人気のない館を取り囲んでいる大きな森にぶつかった。地元のある金持ちがかつてその地に住んでいたが、いまはその館の後部の二部屋に居住している管理人の手に委ねられていた。その森の二、三箇所では男たちが木を伐採する仕事に従事していた。たくさんの場所がすっかり剥きだしになっていた。廃墟の塊——蓋がされた井戸、そして城壁の残骸——は、何世紀もわたって緑で覆われ、解剖でもされたかのように剥きだしでその身を晒していた。[4] 彼の悲しみは、その光景にたいするある奇妙な共感によってさらに強められた。そして神に呪われたものから逃れるように、急いでそこを通り過ぎた。

その道はある山の麓《ふもと》に繋がっていて、民間伝承によると妖精マブの女王ミィブの墓と信じられているケルンがその山頂にあった。さらに古物研究家の推定によると、伝説の時代にその場所は、月にたいする生贄として、ある捕虜たちが処刑された跡地だとされていた。[5]

彼はその山を登りはじめた。海のふちに太陽が懸かっていた。太陽が動かずにそこに留まっていた。というのは彼が登っているときに、たえず広がっていく環状の水面を見ていたからである。

彼はケルンに寄りかかった。太陽が海に沈んだ。ドニゴールの岬が取り巻く青と混じりあった。空に星が現れた。

ときどき彼は立ち上がって、あちらこちらと歩き回った。何時間も経過した。星辰、谷間を流れ下る小川、巨岩のあいだを吹きわたる風、静寂のなかでかすかに音を立てる名も知れぬさまざまな生き物——これらすべてのものはそれ自身のなかに包含されており、その法に従って、それだけであることに満足し、ほかのものと共生することに満足し、神の安寧あるいは猛禽の安寧があった。彼ただ一人が自分の法に従っていなかった。彼ではないなにか、自然でもなく、神でもないなにかが、彼と自分の愛する女をその道具にしたのである。希望と記憶と慣習と服従が、二人の生活を台無しにしたのである。こんなことを考えると、夜が紫色の足取りで彼を踏み潰すかのように思われた。刻々と時間が過ぎた。真夜中に彼は驚いて急に立ち上がったが、時を知らせる時計のかすかな音が、遠い町から聞こえてきたからである。彼の顔と手は涙で浸され、服は夜露でびっしょりと濡れていた。

彼は恐ろしい天空から急いで逃げるように家路へと向かった。このかすかな光と静寂は彼とどんな関係があったのか――またこの贅沢な現在とは？　彼は過去と未来にいる人間だった。ハリエニシダのためにいくぶん歩調をゆるめて、彼は谷間に下りてきた。北の水平線に沿って無窮の夜明けが躍動し、夜が明けるにつれて東方へと移動した。一度、石灰窯の近くの沼地を通り過ぎるときに、おびただしい数の小鳥が、チュッチュッと囀りながらしがみついていた葦間から舞い上がった。一度、彼は二本の道が丘の中腹で交差しているところで静かにしばらくたたずんで、暗い草地の向こうを見わたした。前方二十ヤードの草地の真中に白い石が一本立っていた。彼はその場所をよく知っていた。そこは古代の埋葬地であった。その石を眺めていると、子供の感じる暗闇の恐怖に突然に満たされ、彼はまた慌《あわただ》しく歩きだした。

南側から彼はバラの町に入った。通りすがりに牧師館を見た。驚いたことに応接室には明かりが灯っていた。彼はじっとたたずんだ。東のほうは暁で輝いていたが、周囲はすべて暗がりだったので、日のあたる草地から出てきたばかりの彼の目には、さらに濃いものに感じられた。この暗闇のただなかに明かりの灯った窓が輝いていた。彼は門のところへ行って覗き込んだ。その部屋には誰もいなかった。彼が踵を返そうとしたときに、門の近くに白い人影が立っているのに気づいた。かけ金がきしんで、その門が蝶番でゆっくりと動いた。

「ジョン」と震える声は言った。「お祈りをしていると一筋の光が私に射してきたの。あなたには野心を抱いてもらいたかった——ここから出ていって世のなかでそれなりのことをしてほしかった。あなたはだめだったので、私のちっぽけなプライドが傷ついたの。私がどんなにかあなたに期待していたのか、あなたにはわかっていないわ。だけどそんなことはみんなプライドだった——みんなプライドと愚かしいことだったのよ。あなたは私を愛しているわ。それ以上のことは望まないわ。私たちはお互いが必要なのよ。そのほかのことは神様に任せましょう」

彼女は自分の手に彼の手を取って、それを愛撫しはじめた。「私たちは難破したのよ。私たちの荷物は海中に流されたのよ」。彼女の声のなにかが、男の愛と女の愛を隔てる情熱を表していた。彼女は彼を見上げた、自分の愛する男が保護を必要とする無力さでいっぱいであるかのように、また胸に抱いた子供にたいする母性をいっぱい反響させるかのように。

原注

（1）ティーリンはドニゴール県の西岸、ドニゴール湾の真北にある小さな漁港。

（2）アイルランド北西海岸、アントリム県の沖合にあるラスリン島は、リバプール・スライゴー間の船旅で通過したときに、アイルランド海岸の特徴を表わす有名な例としてまっさきにあげられたのであろう。ラスリンの西方およそ七十マイルにあるトーリー島は、アイルランド北西、ドニゴール県のはるか沖合に浮かぶ島である。トーリー島から先の一般的な航路は、さらに南方のルートをとってトーリー島からおよそ五十マイルにあるティーリンへと向かい、そこからスライゴーへ二十マイル強のドニゴール湾を横切るものであったと思われる。

（3）聖書では、アダムとイブがエデンの園から追放された後に、神は燃える上がる剣をもつ智天使を配してその入口を守らせた。

（4）パトリック・ガラハー編、第二版（ドルメン社、ダブリン、一九六八年）の『イェイツの故郷』（*The Yeats Country*）の共著者シーラ・カービィが示唆するところによると、この館はスライゴーにある旧クーメン館のことであり、現在もその遺構の一部を見ることができる。カービィが記しているように、シャーマンの行程は「イェイツがジョージ・ポルクスフェンとおそらくしばしば散歩したであろうローアー・ロードの外側であったようだ。それからケルンを下ってプリムローズ農園の脇に出て、途中マーヴィル館［イェイツの母方の祖父の家］のまえを通るアッパー・ロードで帰宅したようだが、この道をたどってシャーマンは、メアリー・カートンの住む旧聖ヨハネ牧師館をよく訪ねたのである」（リチャード・J・

フィンネランへの手紙、一九六八年三月二十日)。

(5) アイルランド神話のアルスター・サイクルにおいて、メブ Medb (古アイルランド語では「ミィブ」と発音)、Medhbh, Maedhbh (現代アイルランド語で「メイブ」と発音) は、コノハト東部地区を代表する女王であり、叙事詩『クーリーの牛捕り合戦』(*Táin Bó Cuailgne*) を策動した張本人でもある。彼女は歴史家を自称する者によって紀元一世紀の人物とされている。ある伝承では、彼女の埋葬地はスライゴー近郊のノックナリ山頂のケルンとなっている。「月への生贄」への言及は、おそらくウッド・マーティンの『スライゴー県と町の歴史』の注によるものであろう。「ブラナガーのチャールズ・オコナーは、その未出版の書簡のなかで、*Cnoc-na-re* 月の丘を意味するアイルランド語の丘の名前を明言している。また彼の推定によると、それがそのように呼ばれたのは、ネオメニアつまり山頂のケルンで新月への礼拝を行なう古代の住人のころからである。他のいずれの典拠でも、この丘は *Cnoc-na-riagh* 処刑の丘と呼ばれている (第一巻、十八頁、注一)。

ここでイェイツは、メイブを英国での妖精の女王マブの原型であるとの見解を受け入れている。

小説　ドーヤ

ドーヤ

一

昔、ピラミッドに最初の石がおかれるまえ、仏陀のインド菩提樹がその初めての葉を広げるまえ、ある日本人によって寺の壁に描かれた馬が、毎夕飛び出して来て田んぼを踏み荒らすまえ、トール神のカラスがいっせいに最初の虫を啄ばむまえのことであるが、ドーヤという並外れた背丈と筋力をもった男が住んでいた。(1) とある夕べのこと、フォモール族のガレー船が、現在のバラ湾にあたる赤滝の湾に入ってきた。そしてそこにドーヤをおき去りにした。(2) 彼は水のなかに飛び込んで、船に向かって大きな石をいくつも投げつけたが、船には届かなかった。ドーヤは幼い子供のころからフォモール族の虜囚となっていて、ガレー船の漕ぎ手という苦役を与えられていたが、その筋力がついてきたときに、彼が激情の発作に襲われると、乗船するすべての者にとって恐怖の的となった。ときおり彼は、船底にあるガリー船の漕手の席を叩き壊し、漕ぎ手を横静索へと追い払うことがあって、その激情が収まるまで、漕ぎ手はいつもそこにしがみつくという有様だった。「あいつは」とみんなは言った、「悪魔の言いなりだ」。そこでみんなは彼を浜に誘いだして、水のたっぷりと入った大きな石の水差しを、彼が頭に載せて運んでいるのを見計らって、おき去りにしたのである。

最後の帆がこの世のはしの向こうに見えなくなると、彼は身を投げだしていた砂地から起き上がり、森を抜けて東のほうへと急いだ。ほどなくすると山のあいだのあの湖に到着した。そこは後年になってディアミッドが四本の杭を打ち込んで、炉床にするために四枚の板石で台を作り、さらに柳の小枝と毛皮の屋根ですっかり覆いをして、恋人のグラニアをこっそりとかくまったところであった。[3] なおも彼は東のほう、現在ではブルベン山とコープ山との狭間を進んでいったが、とある深い洞窟にその身を長々と横たえて、ついに眠りに落ち入ったのである。[4] それ以降彼はこの洞窟をねぐらとして、鹿や熊や山に生息する牛を狩りに出かけていった。ゆっくりと何年も過ぎゆくあいだに、彼の激情の発作はますます頻発するようになったが、自分の影のほかにはわめき散らす相手は誰もいなかった。その激情が起こると、コウモリやフクロウさえ、そして黄昏に草地から這いだす蛙さえもいつもその身を隠した――コウモリやフクロウや茶色の蛙でさえも。彼はこれらを自分の友として、その周りに這わせたり止まらせたりしていたが、それというのも彼はときにとても優しくなったからで、連中のほうもむっつりとだんまりをきめこんでいた――この連中もどこから来たのかも知れぬ宿なしだった。しかしとりわけ彼が怖がったのは、静かで美しいものだった。ときどき彼は、木の葉に隠れて何時間も見張ったあげく、最後に注意深くこっそりと手を伸ばして、ピカピカと光るカワセミを掴んでもみくちゃにすることがあった。

　ゆっくりと歳月が過ぎていった。彼が人間の顔を見ることなどけしてなかったが、ときおりその気分も落ち着いた黄昏どきに、目に見えない物の怪がそばに浮かんで、穏やかに溜息をついているように感じられることがあった。さらに一度か二度は、一瞬であるが彼の額に触れる指の感覚によって眠りから起されて、再び寝入るまえに洞窟の入口で明滅する月に、ぼそぼそとした祈り捧げることがあった。「あぁ、月よ」と彼はたびたび言った。「空の青い洞窟をさすらい、海の床の上だけに眠るとされる、無愛想で孤独な齢《よわい》五百のパーソラン[5]の髭よりももっと白いあなたよ、山の向こうの南方にある湖島の悪霊どもから、俺を護ってください。そして山の向こうの北方の洞窟にいる悪霊どもから、俺を護ってください。それから谷の向こうの東方の河口のそばで松明を振っている悪霊どもからも、山の向こうの西側の池の悪霊どもからも。さすればあなたに熊と立派な角のある鹿を捧げます。あぁ、神々しい洞窟の独り身のあなたよ、そしてもし誰かがあなたに悪さをしたら、その仇を討ってあげますので」

　しだいにではあるが、彼はこの神秘的な感覚に憧れを抱きはじめていた。

　ときには遠くの土地まで遠征することがあった。一度、山の牛が圧倒的なその数と白い角を誇示しながら一団となって集まってきて、とてつもない声でいななきながら、彼の後を追って西方へとやってきたことがある。彼はそのなかでいちばん丈のある牛にほぼ自分の住む洞窟の近くに来るまで悩まされ、また角で突き刺されんばかりになった。彼は自分の肩まで届く海の潮溜まりのなかを進んでいくと、牛たちは暗闇のなかにいる彼を見失って、凄まじい騒音を立てながら走り去っていくのに気づいた。彼が立ったというその場所は、今日プールドーヤ（ドーヤ溜り）と呼ばれている(6)。

かくしてゆっくりと何年も過ぎていったが、彼の気まぐれはなおいっそう深刻になって、怒りの発作にもいっそう襲われるようになった。一度は暗い気分で森のなかを今度はこの道、今度はあの道と何マイルも進んでいって、しまいに黄昏のなかで帰還するときに、いつのまにか山の南側にある湖の南岸の崖に立っていた。月が昇っていた。葦を揺らす音が下方から風に乗ってきて、風に揺れる茎によく止まるミソサザイの群れの囀りも聞こえてきた。崇拝者の刻《とき》であった。彼は月のほうを向いた。それから急いで葉と小枝の山を作って火を起し、その上に野イチゴとナナカマドの実を投げ入れた。煙が上方へと漂ったときに、かすかな紫色の雲の帯が、月の表面に立ち込めた――供物が拒否されたのだ。彼は周りの森を急いで抜けて、木の虚《うろ》で眠っているフクロウを見つけると、取って返してそれを火のなかに投げ入れた。それでも雲が集まった。再び森を探索した。今度火炎に投げ入れたのはアナグマだった。再三再四彼は行き来したのだが、ときにはある生き物をもってただちに引き返したり、火がほとんど燃えつきないうちに別の生き物を探しにいったりした。鹿、野豚、鳥とほとんど見境がなかった。燃えさかる枝をますます高く積み重ねるにつれて、炎と煙が巨人のしなやかな鞭のように波打って旋回した。近くの島々を染める茜色が、もう少し遠い仲間の島へと少しずつ移っていった。眠りを邪魔されたはるか遠くの葦の寝床にいるミソサザイも、互いの目に映るその茜色の輝きを不思議に思ったに違いない。彼の夜長の労苦もむだであった。というのは雲がますます月の表面を被い、ついには長い火の鞭先が明るさの頂点に達したときに、雲は途切れることのない靄《もや》のうねりとなって、月を完全に隠してしまったからである。火を罵りながら彼は棒で燃える枝を撒き散らして、怒りにまかせて両足で供物を焼いた残り火を踏みつけた。突然、取り囲む暗闇から彼の名を呼ぶ優しい声がした。彼は振り向いた。何年ものあいだそのようなはっきりした声が、その耳に響くことはなかったのだ。それは断崖のふちの真下の中空から聞こえてくるようだった。ハシバミの藪に掴まって身を乗りだすと、自分のまえに一瞬美しい女の姿がかすかに浮かんでいるように思われたが、じっと見ていると小さな霞《かすみ》のような雲に変わった。そして物の怪に取りつかれた群島のなかのいちばん近くの島から、まぎれもなく一陣の楽の音の息吹が聞こえてきた。そのとき彼の背後の森から「ドーヤ、私の愛しい人」という声がした。彼は急ぎ追跡にかかった。なにか白いものが目のまえを動いた。手を伸ばしてみると、それは朝のそよ風に揺れる一株の白いセンノウだった。というのも灰色の朝が、東の山々を霧でちょうど蔽っていたからである。不思議な恐怖に突然震えだしたドーヤは、家のほうへと向かった。なにもかもが変わっていた。暗い影が行き来するように思われ、妖精のお喋りがそよ風に乗って過ぎていくように思われた。しかし松の森の隠れ家に到着したときには、すべてがやはり昔のままだった。彼は歩調をゆるめた。あの荘厳な松の木々の独立不羈な姿に、おおいに慰められた――たくさんあったのだが、その一本一本が孤高な松の木によって。一度か二度、ほかの木と比べてひときわ大きな松が、その種のものとしていつもよりもさらに遠くの谷間に立ち現れたときに、彼は立ち止まって頭を垂れて、その黒い反逆者（の松）にボソボソしたぎこちない祈りを唱えた。自分の洞窟が近くなって、深い暗がりからナナカマドとハシバミ[7]の地帯にやってきたときに、またあの声が行き来するような、またあの影に取り巻かれているような気がした。さらに一度は、滴る露のような優しいかすかな口調で一声「ドーヤ、私の愛しい人」と言われたような気がした。しかし洞窟から数ヤードのところにやってくると、すべてが突然静寂になった。

二

目を地面に向けながら、起こっているすべてのことに当惑して、彼はゆっくりと、またゆっくりと足を運んだ。洞窟から数フィートのところでじっと立ち止まって、木立のあいだから斜めに差し込む光線の作る丸い斑点をあてもなく数えた。その木立は、海のただなかにあるかのように、その若緑で洞穴の岩を隠していた。くり返し何度もその斑点を数えているときに、あちこちと洞窟内を動き回る足音が、初めは耳だけに、次に心にまでにも伝わってきた。目を上げると、あの崖の上と同じ姿――美しくて若い女の姿が見えた。その衣装は真っ白であったが、羽根毛のふち飾りだけは妖精の不吉な赤に染められていた(8)。彼女は片隅には数本の槍を、別の隅には炉火のための柴と枝を並べていた。さらに地面に毛皮を何枚か広げていたが、今度は無益にもフォモール族の巨大な石の水差しを引っぱりはじめた。

突然彼女は彼を見て急に笑い声を上げながら、両腕を彼の首に巻きつけて叫んだ、「ドーヤ、私ははるか遠くにある自分の国を捨ててきたのよ。私の国の人々は――湖底で踊ったり歌ったりしているわ。それに湖の島でも。彼らはいつも幸福で、いつも若く、いつも変わることがないわ。あなたのために私は彼らを捨ててきたのよ、ドーヤ、彼らは愛することができないから。変わったり、不機嫌であったり、怒ったり、倦む人だけが愛することができるのよ。私はきれいでしょう。だからドーヤ、私を愛して。ねえ聞いているの？　私は彼らが踊っている場所を、ドーヤ、あなたのために捨てたのよ！」。しばらく彼女は大量の言葉を浴びせたが、最初彼が少しも返答しなかったので、次に彼女はものが言えなかった静寂の長い年月をすっかり溶かすかのように、それ以上の言葉を浴びせかけた。そしてその間ずっと彼女は両の眼で彼を凝視していたのだが、いかなる熱意をもってしても、その柔和で神秘的な物悲しさ、つまり動物の眼で私たち人間を注視する物悲しさを奪うことはできなかった――人間のものではない幻想的な気配を。

おおくの日々が、奇妙に縁づいたこの二人にも過ぎていった。ときおり彼女に「俺のことを愛しているか?」と尋ねたときに、彼女はいつも「わからない。でも私、いつまでもあなたの愛がほしい」と答えるのであった。たびたび黄昏どきに狩から帰ってきたときに、頭を羽毛で飾り立て野生のベリーの汁で唇を赤くした彼女が、洞窟の近くを流れる川に身を屈めているのを、彼はよく見かけることがあった。

彼はその深い森に隠遁してとても幸福だった。西の海のかすかな囁きを耳にすると、彼らには変化を乗り越えているように感じられた。しかし「変化」というものは、変化の車輪に固く結びつけられている潮や星とともにあらゆるところに存在する。二人の唇のあらゆる血の滴、空のあらゆる雲、この世のあらゆる木の葉も、二人がその髪を撫でつけたり接吻《キス》を交わしたりするあいだに、少しずつ変化した。変化にたいする恐怖だけは別として、万事が変わるのである。それでもドーヤは自分の時間に幸福だったのであり、老人や幼子と同じように夢にあふれていた——それは夢というものが、墓場と揺籠のもっとも近いところを流離《さすら》うからである。

一度彼が湖の南のふちでの狩から家に帰るときであった。フクロウがお互いに「飛び立つときだ」と叫び、最後の風がそよぎ終え、物の怪の取りついたあらゆる島陰に、もっとも小さなハシバミの枝にも見て取れる幻影を残すころ、彼のまえに突然細身の人影が現われた。狭い砂地のはしのところに、輝く水面を背にした黒い人影が。ドーヤは近づいていった。それは頭に赤い小さな帽子を被った、槍の柄にもたれている男であった。彼の槍は細身のもので、先は輝く金属で覆われていた。ドーヤの槍は木製であったが、火で堅くなった先端は尖っていた。この見知らぬ赤い帽子の男は、無言でその細身の槍を構えると、ドーヤめがけて突いてきた。だがドーヤはその鋭い切っ先で受け流した。

長いあいだ彼らは戦った。日没の最後の名残も消えて、星が出てきた。星空の下でドーヤの脚は激しく地面を踏みしだいたが、あちこちと突進するときの相手の男の脚も、人間の強靭な力に匹敵する敏捷さをもち合せており、砂の上に影も足跡も残さなかった。ドーヤは傷を負ったこともあって、いささか疲れてきた。そのときにもう一方が飛び退いて、水辺にしゃがみこんでこう切りだした。「おぬしはなにか知らない呪文によって、我らが種族のもっとも美しいものを連れ去ったのだ――笑いも歌いもしないおぬしが。彼女を返すのだ、ドーヤよ、さすれば自由にしてやる」。ドーヤは一言も返答しなかった。するともう一方は立ち上がって、再び槍で彼めがけて突いてきた。暁が遠くの空をオリーブ色に彩るまで、彼らはここそこの砂の上で戦った。するとそのときしばらく気配のなかった怒りの発作が、急にドーヤの身に湧き起こった。そして敵と取っ組みあいになって投げつけたあげくに、敵の胸をその膝で、また敵の喉をその両の手で押さえつけて、その命を搾りださんとしたときに、見よ！　ドーヤは自分の膝の下に一束の葦だけを押さえつけていた。

早朝になって彼が家に近づくと、いとしい声がこのように歌っているのが聞こえてきた。

気まぐれでいっぱいの　私のいい人は　悲しがり屋なの、
　そんな気分が　ふさぐあの人の意気ごみをだめにする、
陽気な人なんかよりも　私はあの人を愛しく抱くの
　私の胸のなかで　あの人をまどろませるの。

私のいい人は　ずいぶん短気で気分屋なの、
　どんな甘い素敵なことにも　悪口雑言、
善い人なんかよりも　私はあの人を愛しく抱くの
　あの人の琥珀の髪を　私の指で撫でるの。

どんな優しい知恵でも　私を見つめるあの目を、
　懇願するようなその光で　あふれさせはしない——
賢い人なんかよりも　私はあの人を愛しく抱くの
　あの人のためなら　私は賢く陽気になれるの(9)。

そして彼女が彼を見たときに、こう叫んだ。「古い人間の歌よ、馬に乗って夜に野営地を通ってきたときに、皮のテントから漂って聞こえてきたの」。その日からは、彼女はいつも素朴でもの悲しい調べを歌うか、動物のもつ幻想的なその視線で彼をじっと見つめるのであった。

一度彼はこう尋ねた。「あんたはいくつなんだい？」

「千歳よ、だから若いの」

「あんたにとって俺は幼すぎる」と彼は続けた。「それにあんたは俺には過ぎている――夜明け、それに日没、平安、それに会話、それに静寂だ」

「私が過ぎているって？」と彼女は言った。「何度もそう言って！」。そしてその眼は輝きを増すように思われ、その胸は喜びで波打つのであった。

しばしば彼は彼女に美しい動物の毛皮をもってくることがあった。すると彼女は、笑いながら足元の柔らかな感触をたしかめながら、その上を行き来した。ときに彼女は立ち止まって、突然こう尋ねることがあった。「私たちが別れたときに、あなたは私のために泣いてくれる？」そこで彼はよくこう答えた。「そのときは俺も死ぬよ」。するといつも彼女は柔らかな毛皮のなかを行き来して、その両脚を擦り続けるのであった。

かくしてドーヤは穏やかで温和になっていった。さらにその手におおくを抱え過ぎた「変化」は、いぜん彼らのことは忘れているかのようであった。星は二人が一緒に笑っているのを眺めては、昇ったり沈んだりした。また潮は彼らをのぞくすべてに無常をもたらしては、寄せては引いていった。しかし「変化」にたいする恐怖だけは別として、つねに万事は変わるのである。

三

ある夕べに二人が洞窟の奥まったところに座って、入口をとおして暮れゆく空と木の葉の黒ずむ様子を眺め、またポツポツと現われる星を数えているときのことだった。ドーヤは突然自分のまえに、あの湖の砂地で戦った男の黒い輪郭が浮かんでいるのに気づいた。またそれと同時に、彼の伴侶の漏らす溜息が聞こえてきた。

その見知らぬ男は少し近づいてこう言った。「ドーヤよ、我々は以前に戦ったことがあったな。ところで今日拙者はおぬしとチェスをやりに参った。というのはよく知ってのとおり、完璧な戦士は戦の後にはチェスを嗜《たしな》むものだからな(10)」

「それは承知している」とドーヤは答えた。

「では、対局するときに、ドーヤよ、賭けをしよう」

「やらないで」と彼の横にいた伴侶が言った。

しかし、敵の姿を目にして怒りの発作でいっぱいとなったドーヤは答えた。「やろうじゃないか。おぬしのいう賭けのことはよくわかっている。俺の賭けはこうだ、俺がもう一度この膝でその胸を、両の手でその喉を押さえつけたときに、おぬしが二度と濡れた一束の葦に変身しないということだ」。毛皮の上に横になった彼の伴侶は、かすかに泣きはじめた。

ドーヤには勝てる自信があった。怒りの発作に取りつかれるまえの少年時代に、しばしばガレー船の親方たちと指していたからである。おまけにいずれにしても、自分の武芸の腕と武器にいつだってもう一度ものを言わせることができるのだから。

さて、洞窟の床には、フォモール族の巨大な水差しによって、海辺から運ばれたなめらかな白い砂が敷かれていて、彼の愛しい人が歩けるように柔らかくなっていた。それ以前は現在のように荒い土の床であった。この砂の上に、赤い帽子の見知らぬ男は、槍の穂先でチェス盤の枠を描いたが、次にイグサの各端を砂で固定して、矩形になるように交互にイグサで横線とそれに交差する線を引き、最後に白と緑の矩形からなる完璧なチェス盤を作り上げた。それから袋から木と銀とで作られた大きなチェスの駒を取りだした。二、三個の駒でも子供には一抱えにもなったろう。各々が両端に立ってから、二人はチェスを指しはじめた。ゲームは長く続かなかった。いくらドーヤが注意深く指しても、どの駒の動きも彼に不利に働いた。ついに盤から飛び退いて、彼は叫んだ。「まいった！」。二つの精霊が一緒に入口のところにたたずんでいた。ドーヤは槍を掴んだが、その二つの姿はゆっくりと消えはじめた。彼らの形を透かして、最初は星が次に木の葉が見えた。ほどなくすべてが消え失せていた。

それから彼は自分の失ったものを悟って、その身を地面に投げだした。そしてあちらこちらと転がりながら獣のような唸り声を上げた。一晩中地面に横たわり、その翌日も夜が更けるまでずっとそうしていた。意識がないままに彼は、指のあいだで槍の柄をこなごなにしていた。そしていまや鈍い怒りでいっぱいになって、槍の柄の尖った先端をなおも手にして立ち上がると、西のほうへと向かった。北方の山の渓谷で彼はたまたま野生馬の蹄の跡を見つけた。ほどなく人間のことをなにも知らない一頭が、大胆極まりないやり方で彼を追い越した。彼は槍の柄の尖った先端を、その馬のわき腹深くに刺し込んで深手を負わせ、短い悲鳴を上げて猛進する馬を山の下へと追いやった。ほかの馬は夜間に立ち昇った霧交じりの冷たい風に追われるように、南のほうに向かって一頭また一頭と彼を追い越していった。渓谷のはずれに群れのリーダーである巨大な黒い馬がいた。ドーヤは怒号とともにその背に飛び乗ったので、近くの崖に止まっていた鳥が旋回しながら舞い上がった。そしてその馬は、彼を振り落とすことがむりだとわかると、霧立ち込める山の頂をいくつも越えて、北西のほうへと突進した。南東に低くかかり、飛びゆく雲からときに明るい姿をみせる月が、青白い移ろいやすい光を投げかけていたが、ほの暗い霧のなかに、まるで巨大な悪霊でも追跡しているかのように、黒い軍馬に跨ったドーヤの影が浮かび上がった。それからその山の頂を後にして、はるか後代になってディアミッドが、恋人のグラニアを深い洞窟にかくまったというあの峡谷へと勢いよく下っていった。(11) さらにこの二人の恋人の無骨な召使であるムアダンが、ナナカマドの実を餌にした釣り針で、彼らのために魚を釣った小川を通り過ぎた。(12) 北に向かって何マイルにも続く平原を越えるときに、その野生の巨大な馬は凄まじい勢いで崖や深い穴を飛び越えて、ついにいまはドニゴール(13)となっている山々が、眼前に聳え立つところへとやってきた――雲間に浮かぶこのような場所を越え、海からの篠つく雨が彼らの顔に吹きつけたので、ドーヤはどこに行くのか、はたまたなぜ騎乗しているのかもわからなくなっていた。ただひたすらに乗り続けると――蹄によってゆるんだ石が谷にゴロゴロと落ちるなかで――はるか遠くの眼下千フィートのところに海が見えてきた。それから彼はそこを両の眼で見据えて、槍の切っ先を突き棒のように使って、黒い馬の勢いをさらに加速させた。ついに馬と騎手は、「西の海」にまっさかさまに突っ込んでいった。

ときおりドニゴールの山中の小作人たちは、風の強い晩に突然に響く馬の蹄の音を耳にすると、互いにこう言い交わすという、「ほらドーヤが通るよ」と。それと同時に人々はこうも言うのである、もし谷合の辺りにいく者があれば、山のあいだを疾駆する巨大な影を目にすると(14)。

原注

(1)『ドーヤ』をかなり遠い過去に設定するつもりだとしても、イェイツは次のことには気がついていただろう。エジプトのピラミッド建設がおよそ紀元前二九〇〇年に遡ること。仏陀として知られるインドの宗教指導者は、およそ紀元前五六三年に生まれ紀元前四八三年に死んでいること。日本画の起源は通常は五五二年の仏教伝来に遡ること。ゲルマン神話において、トールは古代スカンジナビアの雷・力・戦争の神であること。

（2）フォモール族とは、異教的なアイルランド神話の悪鬼または邪神のことであるが、（神話を）エウヘメロス説によって解釈する『侵略の書』(*Book of Invasions*)では、初期のアイルランド移住者を略奪する海賊の一族に変えられている。イェイツは『詩集』(*Poems*)（T・フィッシャー・アンウィン社、ロンドン、一八九五年）二八三頁の注で、彼らのことを次のように記述している。

フォモールには海の下からという意味があり、夜・死・冷気の神の名となっている。フォモール族は不恰好な体をしており、あるときは山羊と雄牛の頭をし、あるときは片足だけであり、さらに胸の真中から一本の腕が生えているとされる。彼らは邪悪な妖精の祖先であり、あるゲール作家によると、すべての不恰好な人間の祖先でもある。巨人族やレプラコーンは、はっきりとフォモール族の所出であると述べられている。

さらに早くには、『プロビデンス・サンデー・ジャーナル』(*Providence Sunday Journal*)一八八九年二月十日の記事のなかでイェイツは、彼らのことを「何世紀にもわたって海賊船仕立てのガリー船に乗って、海岸を雲のように急襲した恐るべき種族」と呼んでいる。『新しい島への手紙』、ジョージ・ボーンスタイン&ヒュー・ウイットマイヤー編（マクミラン社、ニューヨーク、一九八九年）八〇頁。

「バラ湾」とはバリソデア湾のことで、スライゴー湾の南の部分にあたる。P・W・ジョイスが『アイルランドの地名の起源と歴史』（マックグラシャン&ギル社、ダブリン、一八七〇年、第二版）の四四五頁で記しているように、スライゴー県バリサアデアにあるオーエンモア川の美しい急流が、その村名となった。それはエスダラ ***Easdara***（アスダラ **Assdarra**）、つまり樫の木の滝であるとか、古い伝説によるとフォモール族のドルイド僧だった「赤毛のダラ」の滝と元来は呼ばれていたが、このドルイド僧はそこで長い手のリューイによって殺された・・・それは後代になってベェル・エサ・ダラ（*Bail-easa-Dara*）と名乗るようになった・・・ダラの滝の町という意味であるが、それが現在の名前に縮まった。

（3）一八九五年のある注で、イェイツはディアミッドとグラニアの伝説譚を要約している。グラニアは「美しい女で、年老いたフィン王の愛から逃れるべくダーモット（［ディアミッド］）と駆落ちした。彼女はアイルランドの各地を逃げ回ったが、ついにダーモットがブルベン山の海側の地点のスライゴーで殺された。そこでフィンが彼女の愛を勝ち取って、彼の首に凭れかかる彼女をフェニアン族の集会に連れてきた。すると一同は吹き出していつまでも笑い続けた」（『詩集』二八三頁）。イェイツは、スタンデッシュ・ヘイズ・オグレディ版「ディアミッド・オディバンと三世紀のアイルランド王コーマック・マック・エァートの娘グラニアの追跡」、『オシアン協会会報』（*Transactions of the Ossianic Society*）第三号、（一八五七年）一五〜二一一頁）に従っている。

『スライゴー県と町の歴史』（ボッジス、フィッギス、ダブリン、一八八二〜九二年）のなかでW・G・ウッド・マーティンは、『ドーヤ』で述べられている「湖上住居」、あるいは「木製の構造物」についてこう記述している。「昔は二軒の湖上住居がグレンカー湖にあった・・・小さい方の湖上住居が、名高いダーモッドの「釣り小屋」であったのではないかと考えられている」（第一号、六九〜七〇頁）。

（4）ベン・ブルベンとコープ山はいずれもスライゴー県にある。

（5）イェイツが「ガンコナーの弁明」（補遺参照）で引用している作品、つまり「クレア県でのキャン・シェレバァーのコナンの館の饗宴」のニコラス・オケーニィー訳、オシアン協会会報、第二号（一八五五年）二十三頁では、パーソランはフォモール族のリーダーとして描かれている。しかしながら、さらによくパーソランはフォモール族の敵としても記述される。

(6)『スライゴー県と町の歴史』のなかで、W・G・ウッド - マーティンは「プールドーヤと呼ばれる良好な投錨地」と記述している（第三巻、二二一頁）。

(7) 一八九八年のあるノートのなかで、イェイツはこのように説明している、「ハシバミの木はアイルランドの生命または知識の木であり、アイルランドにおいてはどこでもおそらく天界の木であった」。『ドーム』(*The Dome*) 第一巻、第一号（一八九八年、十月）三六頁。

(8)『アイルランド農民の妖精譚と民話』(*Fairy and Folk Tales of the Irish Peasantry*, 1888) のなかでイェイツはこのように説明している、「赤はあらゆる国において魔法の色であり、原初の時代からそうであった。妖精と魔術師の帽子はほとんどいつも赤である」。『まえがきと序論』(*Prefaces and Introductions*) ウィリアム・D・オドンネル編（マクミラン社、ニューヨーク、一九八九年）一三頁。

(9)『アシーンの彷徨とその他の詩』(*The Wanderings of Oisin and Other Poems*)（キガン・ポール、トレンチ社、ロンドン、一八八九年）の六一頁にある「少女の歌 (Girl's Song)」として出版されている。イェイツはいくらか細かな修正をしているが、もっとも目立つのが "ruthless mood" を "evil mood" と変えているところである。

(10)『古代ケルトのロマンス』(*Old Celtic Romances*)（デイビッド・ナット社、ロンドン、一八七九年）のP・W・ジョイスの説明では、「チェス遊びは古代アイルランドの族長の好んだ娯楽の一つであった。そのゲームは最古のゲール語の話によく述べられている。たとえば『茶色の牛の書』での「クーリーの牛捕り合戦」（A・D、一一〇〇年）（四一五頁、注二六）のように。オグレディもまた「ディアミッド・オディバンとグラニアの追跡」のなかで、チェスは「ほとんどすべてのロマンチックな物語でよく述べられていることからも明らかなように、なんらかの根拠が示せる最古の時代において、アイルランド人に愛好されるゲームであった」（二四四頁、注一）と指摘している。

実際に、妖精の女をめぐっての人間と妖精とのチェスの対局が、オハイド、エダイン、ミヒールの各王の物語に見いだされる。『ドーヤ』での場合のように妖精が勝者となる。
（11）『スライゴー県と町の歴史』のなかでウッド・マーティンは、「ディアミッドとグラニアの寝床」を「石灰石の岩にできた自然の洞窟」と記述している（第一巻、七〇頁）。
（12）「ディアミッド・オディバンとグラニアの追跡」で、ムアダンは自分自身のことを「主君を捜し求める若き戦士」と称している（七九頁）。イェイツは彼がディアミッドとグラニアに出会ったのはスライゴー県としているが、オグレディはその場所をケリー県にある「トラリーの東を水源とする小川」であるリー川としている（七八頁、注一）。またオグレディによると、ムアダンは「ナナカマドの真っ直ぐな長い竿」を使用してはいるが、「ナナカマドの実」ではなく「聖なる実」で魚釣りをしている」（八一頁）。
（13）ドニゴール県はスライゴー県の北にある。
（14）イェイツが好んで強調したのは、アイルランドの伝承材料が（大衆に）継続的に信じられてきたことであった。たとえばキャサリン・タイナンへの一八八七年九月の手紙では、彼は次のように記している。

先週の水曜日にブルベン山に登って、ダーモットが死んだという場所、信じがたいほど深く、なおも亡霊が出没するという暗い沼——風の吹きさらす海抜一七三二フィートにある沼を見てきました・・・山麓の農民はみなその伝説のことを知っています。またダーモットの霊がいぜんとしてよくその沼に出没するということも知っていて、それを怖がっています。あらゆる丘や川はなんらかの点でその物語と繋がっています。

『W・B・イェイツ書簡集：第一巻、一八六五〜一八九五年』、ジョン・ケリー編（クラレンドン出版、オックスフォード、一九八六年）三七頁。

補遺

『ガンコナーの弁明』

［イェイツのこの「弁明」は、疑いもなく一八九一年の春に書かれているが、それ以前に『ジョン・シャーマンとドーヤ』は、「仮名文庫」シリーズとしてT・フィッシャー・アンウィン社によって受理されていた。それは一八九一―九二年版には収められていたが、一九〇八年の『詩と散文の作品集』では復刻されなかった。］

ガンコナーの弁明

この二つの物語の作者に申し渡されたのは、本人自身がみなさんに物語を伝えてはならないということでした。その人は私がその著者になるように頼んできたのです。私はというとお馴染みのアイルランドの小妖精ですので、生垣のなかに座って世のなかの成りゆきを見守ったりしています。少年らが泥炭を何籠も乗せたロバを駆り立てて市場に行ったり、娘らがリンゴの籠を運んだりしているところを、私は眺めたりしています。ときにはかわいい顔立ちの娘に声をかけて、リンゴの籠をまえに二人して木陰で少しお喋りしたりもします。というのも、私が信頼する歴史家のオケーニィーがいまや黄ばんだその写本に記しているように、私は愛と安逸のほかはまったく世のなかには興味がないからです。(1)二つの物語を読み聞かせてあげますので、みなさんも藪の木陰に腰を下ろしてみませんか?　私が最初のほうの話に興味がもてないのは、退屈な人々や俗事を取り扱っているからですが、二つ目のほうは私の仲間のことを扱っています。私が俗事について話しているときに、その声がときどき遠くなり、また夢見心地になりましたら、私が生垣のなかの穴からすべてを眺めてきたということを思いだしてください。私の耳には、丘の中腹で踊っている同輩の歌がたえず聞こえていて、しかもそれに満足しているのです。私自身はけしてリンゴを運んだり、泥炭を荷車で運んだりはしませんが、もし私がそんなことをするとしたら、夢のなかだけでしょう。さらに私たちは人間の所持品はなんであれ使ったりはしません。ただし鋤で芝土を引っ繰り返しているときに、農夫がときどき見つけるという小さい黒い陶製のパイプだけは別ですが。

ガンコナー

原　注

（1）「クレア県でのキャン・シェレーバァーのコナン館の饗宴」、『オシアン協会会報』、第二号（一八五五年）一八〜一九頁の翻訳で、ニコラス・オケーニィーは「ガンコナー」(Ganconagh) を次のように定義している。「The Gean-canach（恋を語る人）は、同じ種族の別の小人のことであったが、ユクリマン［レプラコーン］とは違って彼には愛と怠惰の性格が与えられた。さらに顎に陶製のパイプをくわえて物寂しい谷間によく出没した。また女羊飼いや乳絞りの娘にたびたび恋をしたのだが、彼に出会うとたいへん不運だと考えられていた。また美しい異性に執心したためにその財産を失った者は、ガンコナーに会ったのだと噂された。陶製のパイプ、または土塁要塞などで見つかる古いアイルランドのタバコ用のパイプは、いまでも広く「ガンコナーのパイプ」と呼ばれている」。この定義は、『アイルランド農民の妖精譚と民話』（一八八八年）で引用されているが、ダグラス・ハイドのものとされるガンコナーにかんする注による。オケーニィーの注解の縮約版も、『アイルランド妖精物語』（一八九二年）に含まれており、ガンコナーは「寂しい妖精群」のリストに含まれている。W・B・イェイツ、『まえがきと序論』ウィリアム・D・オドンネル編（マクミラン社、ニューヨーク、一九八九年）六三頁と一九六〜九七頁を参照。

訳者あとがき

本書はマクミラン社から出版され、リチャード・J・フィンネランとジョージ・ミルズ・ハーパーが編集主幹を務める『W・B・イェイツ選集』(*The Collected Works of W. B. Yeats*)のなかの第七巻目にあたる『ジョン・シャーマンとドーヤ』(*John Sherman and Dhoya*, 1991)の全訳である。この巻の編集は、『選集』の主幹の一人であるフィンネランによって手掛けられているが、このシリーズでは第一巻目の『詩集』(*The Poems*)も、同じくフィンネランの手に成るものである。イェイツの碩学であるフィンネランはまた、『イェイツ：批評と本文研究年報』(*Yeats: An Annual of Critical and Textual Studies*)の編集にも携わったうえに、G・M・ハーパーとW・M・マーフィーとの共編『W・B・イェイツ書簡集、全二巻』(*Letters of W. B. Yeats, 2 volumes*)を含む多くのイェイツ関連の書物を上梓している。さらにイェイツの詩にかんしては、やはりマクミラン社から刊行されている浩瀚な『W・B・イェイツ：詩集』(*W. B. Yeats: The Poems*, 1984)があり、同書の必須の手引書と銘打たれている『イェイツを編集する』(*Editing Yeats's Poems*)も著している。

我々がイェイツのことを知りたいとき、とくにこの大詩人がどのような少年期を過ごしたのか、またどのようにその青春期を想い暮らしたのかを知りたいときに、まずはイェイツの『自伝』(*Autobiographies*) の巻頭に収められている『幼年と少年時代の幻想』(*Reveries over Childhood and Youth*) を繙《ひもと》くことになるだろう。このところの事情はイェイツ研究の諸家にあっても同様であろう。ただ問題があるとすれば、『幼年と少年時代の幻想』は、イェイツが五十歳に達しようとしているときに書かれているということである。我々は『幼年と少年時代の幻想』でのイェイツの記憶力の細かさに異口同音に驚かされる。そのときに脳裏を掠めるのは、心理学でいうところの「記憶はときに嘘をつく」という言葉である。どうやら人間の脳というものは、記憶を修正したり消去したりするものらしいのである。また修正する場合にも、自分に都合よく変更して蓄えるともいわれている。にもかかわらず我々は『自伝』に頼らざるをえないのであるが、ただ「自伝」という著作上の性格からしても、本人にとって差し障りがあることは筆にしないということを、頭の片隅においておくことも必要であろう。案の定『幼年と少年時代の幻想』の「序文」でイェイツは、「友人や手紙や古い新聞も一切参照することなく、頭にすぐさま浮かんでくることにまかせて書き綴っている」と述べ、またそのすぐ後で用心したのか「友人の誰かが、あることを違ったふうに記憶していて、この本に腹を立てるかもしれないと心配」しているという予防線を張っている。

それではということで、次に我々が頼むのがイェイツの書簡ということになる。書簡の強みには現在進行形で出来事が綴られるということがあるが、とりあえず現在筆者の手元には、アラン

・ウェイド編の『W・B・イェイツ書簡集』(*The Letters of W. B. Yeats*)とジョン・ケリー編の『W・B・イェイツ書簡集、第一巻、一八六五年〜一八九五年』(*The Collected Letters of W. B. Yeats, Vol. 1, 1864~1895*)が用意されている。

さて、これらの二著を捲ってみても、イェイツの少年期の手紙については、わずか三通を数えるといったところであるが、当然のこととはいえ、いくら後に偉大な文学者となったとしても、少年のころには手紙を書く機会などそうそうはないからであろう。それが一挙に増加するのが、イェイツが成人を迎えた二年後の一八八七年からである。またこの年の最初の手紙として、どちらの書簡集にも一八八七年四月二十七日付のキャサリン・タイナンに宛てられたものが収載されている。イェイツが、自分の分身とも思える主人公を登場させる『ジョン・シャーマンとドーヤ』の執筆に取り組んだのは、一八八七年から一八八八年にかけての二年間であり、それが出版されたのが一八九一年の十一月のことである。編者であるフィンネランが「編集者のまえがき」で、『ジョン・シャーマンとドーヤ』の創作と出版の経過を解説する典拠として主として用いているのは、ジョン・ケリー編の『W・B・イェイツ書簡集』のほうである。ケリー編の『書簡集』によると、その二年間に掲載されているイェイツの五十数通の手紙のうちの三十通近くがキャサリン・タイナンに宛てられたものになっている。しかも彼女宛のものに限って、ほかのものと比べてきわめて長文となる傾向がある。「ジョン・シャーマン」でのメアリー・カートンのモデルは、キャサリン・タイナンだとされている。こういった大量の書簡を見ると、この作品でのシャーマンとメアリー・カートンとの関係がよく示されていることがよくわかる。つまり「どんなことでも一緒に相談する」という間柄にあって、「この二人はそのような良好な友人関係にあった」ということがわかるのだが、ただ当人にとってあまり都合の悪いことなどは手紙には書かれないものであろう。

ところで『幼年と少年時代の幻想』では、タイナンのことにかんしては、J・オリアリーの家で会ったことや（ただしイェイツのタイナンとの初めての出会いは、一八八五年の夏にトリニティ・カレッジのC・H・オールダムに紹介されたことによる）、イェイツが彼女と一緒に交霊術の会に出かけたことが述べられているだけである。また両『書簡集』にも、一八八八年の一月に開かれたという、その「交霊会」について触れている彼女宛の手紙は見当たらない。ただ、一八八八年の一月二十六日より以降に書かれたものとされるジョン・オリアリーに宛てられた手紙には、次のような文面がみられる。

私はブラバツキー夫人のところにおりました。夫人からあの心霊事件のことで私は叱られました。千里眼の人間がそこにいまして、その人物はそのほかのことでは馬鹿なのですが、その人物が私にたいして私自身しか知らない真実——私の腕と肩が最近リューマチを患ったということを告げて、私に催眠術をかけようとしたのです。しかしブラバツキー夫人が止めさせたのです。

ブラバツキー夫人から「心霊事件のことで私は叱られました」という部分が、その交霊会に関係することかと思われる。

ところでイェイツには（一九七二年にデニス・ドノヒューの編集でマクミラン社からようやく刊行された）未刊行の『回想録』(*Memoirs*) というものがある。『幼年と少年時代の幻想』の出版直後の一九一七年ごろに下書きとして準備された『回想録』に含まれる、もう一つの「自伝」ともいえるこの著作のなかに、イェイツがキャサリン・タイナンについて次のように語っている興味深い箇所がある。

とても美しいとはいえないキャサリン・タイナンに、私はたくさんの手紙を書いた。それである日のこと、彼女は男にかんしては幸せになれない種類の女である、と誰かが言うのをふと私は耳にした。彼女が私を好きになるだろうか、また彼女と結婚するのが私の義務なのだろうかと考えはじめた。時々彼女がアイルランドにいるときに、ロンドンにいる私は、そうするのが可能ではないかとよく思うことがあった。しかしもし彼女が滞在しにやってきたり、私がアイルランドで彼女に会ったりすると、再びそんなことはありえないことになるのである。それでも私たちはいつも親友だったので、彼女がこれまで私のことをそんな関係とは違うように考えていた理由など、私には少しも思いあたらないのである。

ここは「ジョン・シャーマン」でのシャーマンとメアリー・カートンの関係をまさに彷彿とさせるところである。ただ気になるのはこの引用の最後の文にある、とくに二人の関係は「親友だった」ということだけで、それ以外のなにものでもなかったという部分である。たしかに「ジョン・シャーマン」のはじめでも、シャーマンとメアリーの関係は、町民も残念がるような「あの二人は結婚する人たちではないわね」というものであった。ところが後年になって、タイナンの妹であるノラ・オマホニーが、ある友人に宛てた手紙に驚くべきことを綴っているのである。それは「ジョン・シャーマン」の結末と同様に、ある晩に「あの偉大なイェイツが、彼女［タイナン］に自分と結婚してくれるようにプロポーズして、二人の偉大な詩人が結婚すれば、それは快事で申し分ないことにならないだろうかと言った」ということを、タイナン自身が妹に語ったというのである。「あの偉大なイェイツが」というところは、人の記憶における曖昧さの証左とも考えられるのだが、ここではたんに「後に偉大になったイェイツが」ということを意図していただけの表現なのかもしれない。そのことはともかく、この事件（?）が一八八七年から八八年にかけての冬にあったと推測されるので、二人の手紙のやり取りがひんぱんだった時期ということになる。ただしイェイツのプロポーズはけんもほろろに断られたようであるが、それにしてもこんなことはとても手紙に書けることではないだろう。このようなイェイツとタイナンとの盛んな手紙のやり取りは、タイナンがやはり文人であったH・A・ヒンクソンと一八九三年に結婚するまで続くのであるが、その後は激減する。すでに人妻となった女性にそれなりの配慮があったものと思われるが、それにもましてイェイツにはモード・ゴンという存在があった。

『イェイツ書簡集』を編集したJ・ケリーのほかに、「まえがき」でフィンネランがとくに恩恵をこうむったと謝意を述べているもう一人のイェイツ研究者にW・M・マーフィーがいる。彼にはフィンネランとのイェイツの書簡編集といった業績のほかに、イェイツの父の生涯を克明にたどった『放蕩な父』(*Prodigal Father: The Life of John Butler Yeats,1839-1922*)や、イェイツ家の家系のことを丹念に調べた『家族の秘密』(*Family Secrets: William Butler Yeats and His Relatives*)という著書がある。とくに後書のなかの注釈でマーフィーは、伝記研究者のジェイムズ・オルニーの伝記にたいする見解、すなわち「自伝というものがまったく信頼するに値しないのは、作家には自分の姿を自分自身が見られたいように描こうとする避けがたい誘惑があるからで、これはW・B・イェイツとっても逃れられないものである。小説家というものは、百の小さな虚偽を利用してより大きな真実に到達するが、自伝作家は百の小さな真実を利用して、より大きな虚偽に到達する」という見解を紹介している。この見解に呼応するかのようにマーフィーは、同書のなかで『ジョン・シャーマン』は、一八八〇年代後半のイェイツの人生についての感情の原点としては、彼の『自伝』よりもはるかに貴重なものになっている」とし、その一方で『自伝』にはイェイツの散文によくある間接性や曖昧さがみられると述べている。「編集者によるまえがき」でフィンネランは、やはりマーフィーの論文のなかにある、読者がイェイツ家のことを知れば知るほど、「『ジョン・シャーマン』のそれぞれの人物や事物や事件を、イェイツ自身の生活に対応する等価物におき換えられる」と考えるようになる、という意見を引用している。加えて主人公のシャーマンのモデルとしては、おおむねイェイツ本人にもとづいており、そこに母方の縁者であるヘンリー・ミドルトンの面影が加わっていると断定している。

一九〇八年版の「序文」（本書五十三頁）は、『ジョン・シャーマンとドーヤ』が出版されてからおよそ二十年後のものであるにしても、「ジョン・シャーマン」のモデルについてのイェイツ本人による説明となっている。作品のなかで主人公のジョン・シャーマンは三十歳の設定であるが、この「序文」には二十三歳になる若者と、筆者には理解しかねる占星術によって予言されたこの若者に待ち受ける未来のことが述べられている。繰り返しになるが「ジョン・シャーマン」はイェイツが二十三歳頃の作品であるが、原注によるとその若者の（星の）出の星座は、イェイツと同じく水瓶座となっている。一八八七年の五月にイェイツは、「神智学協会」の創設者の一人であるH・ブラバツキーと出会い、翌年にそのロンドン支部に入会している。夫人の家での集まりで経験した不思議な現象については、『幼年と少年時代の幻想』の続編となる『四年間：一八九六―一八九一年』

(*Four Years, 1896-1891*) に詳しく描かれている。また『幼年と少年時代の幻想』においても、イェイツやその学校仲間のC・ジョンストンらによって一八八五年に設立された「錬金術協会」のことが語られている。

ジョン・シャーマンのもう片方のモデルであり、イェイツの「反対我」ともいうべきヘンリー・ミドルトンについては、「序文」では「水瓶座が（星の）出の生まれではないが、シャーマンという人物のすべての材料を私に提供してくれ、その顔色がいぜん日焼けした男がいる・・・彼は・・・壁をめぐらせた庭園のなかで・・・温室の壊れたガラスを修繕したものかどうか思案している」という説明がなされている。『幼年と少年時代の幻想』によると、子供時代のイェイツは、ローシズ岬にあったミドルトン家によく遊びにいっていた。そしてそこにいた二人兄弟の一人がヘンリー・ミドルトンであり、この兄弟との舟遊びや幽霊の出没するミドルトン家の様子がおもしろく語られているところがある。またミドルトン家の人たちは実務的ではあるのだが、「自分たちの家は荒れ放題にしており、温室の窓ガラスも落ちるがままという有様」であったとも語られている。さらにいつも雌鶏の後を追いかけている、イェイツよりも一歳か二歳年上の少年の奇行ついて言及されているのだが、これがヘンリー・ミドルトンのことであろう。原注にもあるように、彼はローシズのエルシノア・ロッジで気ままな一人住まいしていたが、先の「序文」から引用した部分は、彼の暮らしぶりの実情とよく合致している。また「ジョン・シャーマン」で、シャーマンの婚約者であるマーガレットが、シャーマンの顔色が美しい「日焼けした顔をしている」という場面や、この物語の結末部分でシャーマンがメアリーに結婚を迫る場面で、「自分たちを壁で取り囲むんだ。世間は外側になるから、内側は僕らとその平和な生活になるんだよ」という台詞もヘンリー・ミドルトンがイメージされている部分であろう。

最後に、〈自伝〉『幼年と少年時代の幻想』と〈自伝的小説〉『ジョン・シャーマン』とを全体的に考察してみると、興味のある対照があることに気がつく。『幼年と少年時代の幻想』では「息子と父親」の関係が語られるのにたいして、『ジョン・シャーマン』は「息子と母親」の関係がもっぱらみられるということである。『幼年と少年時代の幻想』では、イェイツの母親が故郷の海岸の風情を好んだということ、また晩年に脳卒中で倒れたということ以外は、イェイツは自分の母親にかんして何も語ってくれてはいない。それに反して『ジョン・シャーマン』では、シャーマンの父親は登場しないというより不在（故人となっている）であり、シャーマン家は女中を含めた母親と息子の三人暮らしという設定となっている。主人公のシャーマンは、作品のテーマである「大都会ロンドンへの嫌悪と故郷の田舎町スライゴーへの愛着」に揺れる人物であるが、シャーマンの母親もまた『幼年と少年時代の幻想』での母親と同様に、スライゴーにたいする憧憬をつねに抱く人物として描かれている。無口で黙々と編み物に勤しむシャーマンの母親のなかに、我々がイェイツの母親を想像することは、マーフィーの指摘を待つまでもないだろう。我々は『自伝』は言わずもがなとして、イェイツの両著作を突きあわせることによって、「フィクション」である『ジョン・シャーマン』のほうにむしろ、青春期を思い悩む大詩人イェイツの「感情の原点」があることが了解されるのである。

〔付記〕 フィンネランの丁寧な「編集者によるまえがき」には、イェイツに関連した人物がたくさん出てくるが、これらについては読者の都合を考えて大括弧（［］）で自注をほどこしている。読む際に煩雑にならないように、なるべく簡便なものにするよう心がけたつもりである。また、フィンネランの「まえがき」には書簡の日付などに些細な誤りがあったので、自注のなかで訂正している。

《訳者紹介》

川上　武志（かわかみ　たけし）

1949 年　北海道釧路市生まれ

北海道大学大学院文学研究科英米文学専攻修了、北海道教育大学教授を経て、北海学園大学人文学部教授。

専攻：英文学

論文：「W.B. Yeats 論―塔の思想」（共著、平善介編『主題と方法―イギリスとアメリカ文学を読む―』、北海道大学図書館刊行)、「W. B. イェイツとアイルランド・ナショナリズム」（北海学園大学大学院文学研究科、『年報新人文学』）

翻訳：W. B. イェイツ作『アシーンの彷徨 1889』（『北海学園大学人文論集』）、W. B. イェイツ著『幼年と少年時代の幻想』（英宝社）

小説　ジョン・シャーマンとドーヤ

2017 年 10 月 20 日　印　刷　　2017 年 10 月 30 日　発　行

著　　者　W. B.　イェイツ

編　　者　Richard J. Finneran

訳　　者　川　上　武　志

発 行 者　佐 々 木　　元

発 行 所　株式会社　英　　宝　　社

〒101-0032 東京都千代田区岩本町 2-7-7

TEL 03 (5833) 5870-1 FAX 03 (5833) 5872

ISBN 978-4-269-82050-0 C1098

［製版：伊谷企画／印刷・製本：モリモト印刷株式会社］